瀬尾夏美
Natsumi Seo

声の地層

災禍と痛みを語ること

はじめに——語らいの場へようこそ

災禍に遭う。困難を抱える。大切なものを失う、奪われる。できるならそんなことは誰の身にも降りかからない方がよいのだけれど、現状、なかなかそうもいかない。自然災害に見舞われたり、事件や事故に巻き込まれたり、生活圏で戦争や紛争が始まったり、あるいは心身に傷を抱えることもあるし、生きづらさに深く悩むことだってある。この地球上に生きている限り、まさにいま、見知らぬ誰かが、自分自身やとても近しい人が、苦しい経験をするかもしれない。その予感自体が恐怖であるから、日常生活を送るうえではあまり想像したくはない、忘れていたいものではある。だけど、だとしても、逃げているばかりでよいのだろうか？　とも思う。

もちろん防災的な観点を用いて、リスクから逃げずに向き合い、できるだけ未然に対処すべし！　といった答えを導くことはできるかもしれないけれど、わたしにはもうひとつ意識していたいことがある。それは、先立って災禍を経験した人びとの存在である。彼らの多くが、未来に生きる人びと——ほかでもないわたしたちの苦しみがすこしでも和らぐようにと願って、体験と記憶をふりかえり、検証し、言葉にし、それらを記録に残したり、語り継ぎを試みたり、あるいは物語を編み上げたりしてきた。さらに、彼らの傍らにはその声を受け止めてきた人がいて、またその人から話を聞いた人がいて……だからこそ、災禍の語りや記録は、いまわたしたちの目の前に存在している。そんなちいさなバトンを手渡すような連綿とした営みを想像すると、その凄みと愛らしさに圧倒される。ならばせめて、その声を聞く努力をしてみたい。

こんなことを考えるようになったのは、この一〇年あまり、言い換えると、二〇一一年に発生した東日本大震災以降、自身の経験を言葉にして伝えようとする人びと、あるいは他者の経験を語り継ごうとする人びとにたくさん出会い、話を聞かせてもらってきたからだ。語り手にとってても聞き手にとってもしんどいことをなぜわざわざ？　と問われることもあるけれど、災禍を語らう場に招かれ、その豊かさを知ってしまうと、なかなか離れがたい。語ることはときに酷く苦しい。聞くことだってそうかもしれない。だけど、語らいの場がもたらすものはそれだけではない、と信じている。たくさんのものを失い、身ひとつになっても、集えば人は語り出す。ちいさな輪のなかでともに泣き、怒り、許しあったり笑いあったりする。話す人、聞く人、沈黙する人、相槌を打つ人。語りは居場所をつくる。その実感が大きい。

はじまりは発災から間もない頃、ボランティアで訪ねた避難所や泥だらけの家々での出来事だった。わたしは当時大学を卒業したところで、やれることがあればなんでもすると意気込んで、友人とふたりで〝被災地〟に向かった。しかし情けないことに、到着したその現場で、自分が力持ちでも器用でもなく、あまり役に立たないことに気がつく。それで所在なげにしていると、〝被災者〟たちが次々と声をかけてくれた。あんだ、わざわざ遠くから来てくれたの！

そう言ってまじまじとこちらを見つめて、旅の者にはせめて土産のひとつでも持たせなければ、という面持ちで訥々《とつとつ》と語り始める。

日常の想像力では追いつかない、巨大な力で捻じ曲げられた風景をともに見つめながら、凄絶な〝あの日〟とそれからのこと、失われたものたちのことを聞く。ただ、思いがけずその場はやわらかかった。被災して間もない語り手と、どこかから迷い込んできた旅の者が会話をする。それぞれの立場の違いを考えればピリピリと緊張が走るけれど、会話を進めていくとそれは徐々に解け、場に集うひとりひとりとして付き合う形となる。

その人が語り、わたしは聞く。その人がわたしの様子を見ながら、次の言葉を選んでくれているのがわかる。恐れ多い。ここに居るのがわたしでいいのだろうか、と思う。だけど、たとえほんの一部だとしても、その人の大切な経験を手渡そうとしてくれることが嬉しい。だから、できるだけはっきりとうなずく。すべてはわからなくても、聞いています。聞きたいです、と伝えたくて。そうして続いたしばしの会話を締めくくるとき、その人は言った。いま話したことを、きっと誰かに伝えてくださいね。大変なことになった、とわたしは気がつく。再会を誓って別れる。

いまわたしが居るのは、今後確実に歴史に刻まれるであろう巨大災害の〝被災地〟である。そこで話を聞かせてくれた人びとのほとんどが、誰かに伝えてね、と言っていた。話を聞いた者には、語り継ぎの役目が託される？　なんてこった。軽くうろたえながら、とはいえどうすればいいのだろう、と具体的なことを想像してみる。そもそもわたしがやっていいことなのだろうか。相手がどれくらい本気なのかもわからないけれど、せっかく聞かせてもらったことは、誰かに伝えてみたい、と思った。

語り継ぎとは、こんなにちいさな現場の積み重ねによるものなのか。それは出来事のすぐあと、身ひとつで肩を寄せ合うその瞬間から始まっている。そのことに新鮮に驚き、突き動かされるように旅を始めてから、一〇年以上が経つ。

この本は、二〇二一年の一月から二〇二二年春までの一年半にわたり、『声の地層――〈語れなさ〉をめぐる物語』と題して続けた連載と、三本の書き下ろしで構成されている。被災地域を歩いて話を聞かせてもらった日々の中で、自分の関心は〝語れなさ〟にあると感じるようになった。それは、場に集う人びと、聞き手と語り手、人間同士のあいだに発生するものだ。そもそも語りとは、語り手が一方的に自分の感情や考えをぶつけるものではなく、目の前にいる聞き手とのやりとりによって編まれるものだと思う。途中でその役割が交代することだってあるし、それぞれが自分の内に思わぬ言葉を見つけたり、ともにあたらしい物語を発見したりする楽しみがある。

ただ、どんなに信頼する相手との穏やかな場であったとしても、〝語れなさ〟は発生する。たとえば、語ることで相手を傷つけたり、関係性が崩れたりすることが怖くなる。自分や誰かの大切な体験や記憶が、誤解されたり損なわれたりするのは避けたい。わたしたちは自分の内側でさまざまなことを考え、逡巡し、迷いながら言葉を選び、声に出す。こうして〝語れなさ〟は語りを抑圧し、制御することがある、といえるかもしれない。あるいは、だからこそコミュニケーションが円滑になるのだ、と開き直ることもできるかもしれない。

たしかに、〝語れなさ〟がどう働くのかを検証することも興味深いとは思うけれど、わたしが気になっているのは、言葉を声に出す前の一瞬のひっかかり、そのもののことだ。置かれた境遇も考え方も異なる人たちが、互いのすべてを分かり合うことは難しいと感じながらも、それでも関わろうとする。すこしの勇気を持って、この人に語ってみよう、と思う。その瞬間、ちいさく、激しい摩擦が起きる。マッチが擦れるみたいにして火花が散る。そこで灯った火が、語られた言葉の傍らにあるはずの、語られないこと、語り得ないことたちを照らしてくれる気がして。それらを無理やり明るみに出そうとは思わない。ただその存在を忘れずにいたい。

連載を開始した二〇二一年は東日本大震災から一〇年目の年だったが、新型コロナウイルス感染症の拡大という世界的、長期的な災禍の始まりとも重なった。また、気候変動の影響もあって世界各地で自然災害が増加し、二〇二二年二月にはロシアによるウクライナ侵攻が始まった。予想もしなかった災禍が重なり、社会は大きく揺らいでいる、と思う。経済難は深刻化し、格差が広がり、とくにインターネット空間には差別的な言葉と行為が溢れている。ふつうの日常に分厚い不安感が広がっていくのを感じながら、わたしはより切実に、語りを聞きたい、語らいの場が必要だ、と思うようになった。

そうして、かつて戦争や自然災害などの災禍を経験した人びとに会いに行くと、彼らが自身の過去を反芻しながら、いままさに苦しい境遇にある人びとに気持ちを寄せていたことが印象に残っている。また、わたし自身は、こうして災禍の語りを聞き歩く中で、自分や身近な人の日常にある痛みについて、ほんのすこしずつ、向き合えるようになってきた。災禍は非日常的なものだけれど、その渦中にもその後にも日常はある。そんな実感を込めて災禍を語る人びとに、ごく身近にある〝語れなさ〟に触れるための手つきを教えてもらった。

この本は奇しくも、こうして大きく揺れていた（いや、これからもっと困難な時代が訪れるのでは、という不安が強いのだけれど）社会のちいさな記録にもなったと思う。ひとつひとつの章は、「物語」と「あとがたり」で構成している。何かを語ってくれたその人が感じていたであろう〝語れなさ〟と、その語りの傍らにあったはずの、語られないこと、語り得ないことを忘れずに残しておくために、創作の「物語」という余白を含み込める形を選んだ。「あとがたり」には、おもに実際の語りの場の様子やそのときどきの気づきを記している。

身を寄せ合い、輪をつくり、語らう。そこで、自分たちに起きたこと、起きていることを確かめ、互いの知恵を交換しながら、これからについて話しあう。誰もがきっと必要としているちいさな場の連なりが、そっと灯された物語を、遠くまで運んでゆくのを想像しながら。

誰もがその輪の中に招かれることを祈って。

目次

本書は、生きのびるブックスのウェブマガジンにおける連載（二〇二一年一月〜二〇二三年五月）をベースに、加筆修正・再構成した。第一章〜第一二章については連載に加筆修正したもの、第一三章〜第一五章は書下ろしである。

各章末に記載した年月表示は、執筆時を示す。

声の地層

災禍と痛みを語ること

第1章

おばあさんと旅人と死んだ人

海を臨む高台に、ポツンと家が建っている。
それは、津波から逃れた、村ではたったひとつの家で、
赤髪のちいさなおばあさんが暮らしている。
いまこの家に、遠くから来た旅人と、津波で死んだ人が訪ねてくる。
おばあさんと旅人と死んだ人は、初めて出会うようである。

庭先で旅人が声をかけると、おばあさんが家の中から現れて、
あらあ、あんたたちよく来たこと、と言った。
そして、海に向かってひらけた扇型の地面の方を向いて、ふたりに語りはじめる。

あっちから来た波と、こっちから来た波が、ドオンとぶつかって。

おばあさんは思いがけず軽やかにそう言って、両手をパチンと打った。

そしてね、あっちとこっちに波が広がって、すべてが持っていかれたの。

おばあさんの両手は、ひらひらと西と東へ離れていく。


旅人は、海際からつぎつぎとなぎ倒されていく電信柱を想像する。波間をすり抜けてくる自動車は、どんな動きをしていただろう。叫び声が聞こえただろうか。ものが壊れる音は鈍かっただろうか。獣たちもちゃんと逃げたのだろうか。

そんなことを尋ねようと考えている旅人をよそに、おばあさんは、でもね、わたしは津波を見なかったの、とつぶやいた。


家族みんなが戻ってきてホッとしたところに、津波が来た来たって逃げていく人の声を聞いたの。

それで、あっという間に庭まで水が来たんだけど、家までは入ってこなくて助かったの。

だからわたしが語るのは、ぜんぶ誰かに聞いた話だ。
死んだ人は、うんうんと頷きながらほほえんでいる。
旅人は、はっと息を呑む。

わたしずっとここにいたのに、何も見てないんだもんね。
だから、あんたとおんなじだ。
おばあさんはそう言って、旅人の方をじっと見る。
旅人は、そんなことはないですよ、と答えながらも、
じゃあ誰に話を聞けばいいのだろう？　と思った。
何かを知れる気がしてここへ来たのに、おばあさんさえも知らないというのだから。

それで旅人は、それなら死んだ人に尋ねてみようか、と思ったのだけれど、
死んだ人は、もっと話を聞かせてください、とおばあさんにせがんでいる。
旅人が、あなたが一番知っているはずではないですか？　と問うと、
死んだ人は、いやいや、わたしはほとんど何も知りません、と答える。
あの日わたしが見たのはほんの一部のことですから、

大したことはないのです、とさみしそうにほほえむ。

おばあさんは、うーんと首をひねってから話をはじめる。
わたしは怖くて行かないんだけどね、
まちの方もぜんぶ流されて、なんにもないんだって。
避難所だって、何カ所もやられたんだって。
体育館の中はぐるぐるぐるって洗濯機みたいになったから、
たくさんの身体が絡まってたって言うんだよ。
まるで地獄だね。
おばあさんはそこで、ふう、とため息をついてから続ける。
だから、わたし考えるんだ。
死んだ人はひと思いに逝ったのかなあって。
大事な人が死んでいるのを見つけた人の気持ち、どれだけ悲しかっただろうって。
家族探して安置所巡った人の気持ち、どれだけ苦しかっただろうって。

旅人は絶句したまま、
ここへ来る途中に見た、ひしゃげた建物たちのことを思い出していた。

すでにまちの瓦礫はよけられ、あちこちに花が手向けられていた。
旅人には、手作りの祭壇の前でしゃがみ込む人にかける言葉はなかった。
おばあさんの話に打つ相槌も、ひとつも持っていなかった。

死んだ人は、おばあさんの話にうんうんと頷きながら、
やっぱり大変な人もいたんでしょうね、と言って手を合わせた。
そして、他には、他には？　と更におばあさんにせがむ。

おばあさんは首を傾げながらもまた話しはじめる。
このまえ小学校に物資をもらいに行ったらね、隣にいた人に声をかけられたの。
その人、せっかく生き残ったけど、家も仕事も失って、
これからどうしようって泣きだした。
つられてわたしも泣いてたら、みんなも集まってきてね、
どうしようね、これからどうしようねって、抱き合って泣いたの。

旅人は、輪になって泣く人たちの姿を思い浮かべて、ぽろぽろと涙をこぼす。
おばあさんは、ありがとうね、と言って旅人の背中をさする。

死んだ人は、そうかそうかと頷いて、
みんながやさしくてうれしいね、と顔をほころばせる。

おばあさんは、みんな失ったものが大きいんだもんね、とつぶやいてから、
だけどわたしは何もできないんだ、と言った。
だって、話を聞くくらいはできても、してあげられることってないでしょう。
旅人が、ぼくも同じです、何も代わってあげられない、と鼻をすすると、
死んだ人は、わたしが一番何もできないですよ、と言って頭を掻いた。
おばあさんは、あらまあ、と驚いた顔になる。

そうかそうか、あんたが一番何もできないんだもんね。
それが一番つらかったべ。
おばあさんはそう言って、死んだ人の頭をよしよしと撫でる。
ごめんねえ、あんた、一番つらかったべ。
死んだ人は、一気に力の抜けたような顔になって、ほうっと長い息を吐いた。
その瞬間、海から強い風が吹いた。

死んだ人は、見る間にぐんぐんぐんぐんと縮んでいって、ちいさな赤ん坊になった。
地面に転がった赤ん坊は、わんわんわんわんと大きな声で泣く。
おばあさんと旅人が声をかけても、けっして泣き止まない。
もうどんな話も通じなかった。

何もない風景に高い声が響くので、あたりがざわざわと騒ぎ出す。
木々がざわざわ、風がびゅうびゅう、遠くから獣たちの声がする。
旅人は、思わず赤ん坊を拾いあげて、ぎゅっと抱きしめた。
すると赤ん坊は泣き止んで、あたりはすっと静かになった。
旅人は、赤ん坊を連れて、旅を続けることにした。

おばあさんは、復興したらまた来てくださいね、と言ってふたりを送り出す。
旅人は、今日聞いたお話を大切にします、と答えて頭を下げる。
死んだ人は旅人の腕の中ですやすやと眠っていて、
その寝息は、まるで静かな波のようだったという。

塗りかえられていく風景と、移り変わる人びとのことばを書き留める。できるだけたくさんそのための旅をする。ここ一〇年ほどの間、それがわたしの行動の指針になっている。聞かなくてはならない話がきっとどこかにあるのだ。だから訪ねるべき場所を訪ね、会うべき人に会い、話を聞くために出かけなければ、と思い込んでいる。

こう書いてみるとだいぶ力んでいる感じで恥ずかしいけれど、まだまだ新米旅人なので大目に見ていただけたらありがたい。とりあえずいまのところ、長く旅ができるように生きてみたいと思っているので、早く力が抜けるといいなあと思う。

なぜこんな風になったのかといえば、きっかけは東日本大震災だった。わたしは、その前と後ではずいぶん変わったと思う。自分自身のことと身の回りのことだけで必死なイチ美大生だったのに、知らない人の話を聞くことを生活の中心に据えようとするなんて思ってもみないことだった。

とはいえ、わたしは地震の揺れそのものによって変わったのではない。地震の後、被災地域に暮らす人びとに出会い、話を〝聞けた〟という実感を得ていくひとつひとつの体験が、話を聞くための旅にわたしを引き込んでいった。そしていつもその傍らには、語り得ない、語られない言葉が、そっと存在していた。

「おばあさんと旅人と死んだ人」は、わたしが実際に、〝聞けた〟、あるいは、〝聞いてしまった〟と感じた最初の体験をもとにして書いた物語である。わたしの旅の始点はここにある。

二〇一一年四月。わたしは津波に洗われたばかりの岩手県陸前高田にいた。三月の終わりから、友人と一緒にボランティアという名目で沿岸各地を巡っており、その道中で、陸前高田の高台に残った一軒家を訪ねたのだ。その家に暮らす赤髪のおばあさんは、わたしのかつてのバイト仲間の遠い親戚で、もちろんその時が初対面だった。

そんな彼女に出会うまでの経緯はこうだ。

震災当時、わたしは東京の美大生で、荒川区のシェアハウスに住んでいた。地震の後、同居人たちや集まってきた友人らとテレビを見ていると、あの大津波の映像が流れてくる。海の近くに住んだことのないわたしは、津波という自然災害がこの世に存在することすら意識したことがなく、目の前のテレビはまさに想像を絶する状況を映していて、ただ驚くよりほかかない。

その夜、わたしは自室でスケッチブックを開いた。こんな大変な時に自分は何を描こうとするのだろうと思って鉛筆を握ると、現れたのは手癖みたいな線といつもと変わらないモチーフで、とてもがっかりしたことを覚えている。SNSを覗けば、被災地域の状況が断片的に、しかし大量に流れ込んでくる。そしてその合間に、こんなことが起きた時には何をすればいいのか、どんな態度を取るべきかと自問自答する、あるいは互いに問い合うようなつぶやきがすでに見て取れた。そこでわたしは、絵描きに何ができるのか？　という青臭い問いにつまずいてしまった。

その後しばらくは、インターネットやテレビを介して震災の情報を見ていたのだけれど、それもだんだんしんどくなった。原発事故の発生も相まって、ネット上にはまことしやかな、真偽のわからない情報が飛び交っており、それに対して、意見や立場の異なる人同士がぶつかりあっている。一方で、被災地域からは悲鳴や嗚咽のようなつぶやきが次々と流れ込んでくる。こうなってくると、特別役に立つような知識も技術も言い分も持たない、〝被災地〟から遠く離れて暮らすイチ美大生のわたしは、いよいよどうしていいかわからなくなり、何も語れなくなった。

それでわたしは、とりあえず現場に行きたい、行かなくてはと思い込んで、友人を誘い、災害ボランティアとして、〝被災地〟を目指すことにした。いま思えば、当時は過剰な情報摂取で混乱していて、何かしらの手触りみたいなものが欲しかったんだと思う。まずはその場に行って、何が起きているのかを確かめる。その場でできることがあればなんでもしよう。そう息巻いていた。

絵描きでありたいと思う自分を解体してしまえば、ずっと楽になる。とはいえ、行く先にはきっと何か描くべきものがあるのではという期待も、どこかにはあったと思う。

そうして、震災から三週間後、友人（大学の同級生で映像作家の小森はるかさん）とふたりで物資を詰め込んだレンタカーを走らせて、ボランティア旅を始めた。被災してひしゃげた風景を目の当たりにするとやはりショックだったけれども、ボランティア先を訪ねれば、そこで暮らしを再建しようとする人たちがいて、ホッとするような気持ちになった。

そんな旅の何日目かの車中で見ていたＳＮＳで、先述の元バイト仲間が親戚のおばあさんの身を案じていて、その人が住んでいるという陸前高田はそう遠くなさそうだから寄ってみようと思い立ち、彼女に住所を教えてもらった。

ナビに案内され、市街地からは外れた高台のちいさな集落に着いた。さっそく目的の家を探してみるのだけど、そのあたりに暮らす人たちはほとんどみな同じ苗字で、どれがその家なのかいまいちわからない。示された道路の山側にはふつうにまちなみがあるけれど、海側にはもう建物がない。そんな状況では、行きあう人がそれぞれどんな境遇にあるかもわからないから、声をかけるのものすごく緊張する。ためらいがちに戸を叩いた何軒目かの訪問で、わたしたちはそのおばあさんの家に行き着いた。たしか、すでに夕暮れが迫る頃。

玄関先に出てきた赤髪のちいさなおばあさんは、見知らぬ大学生たちの登場にしばし驚いていたけれど、わたしが元バイト仲間の名を告げると途端にほっとしたような顔になり、わざわざありがとうねえ、と言ってまじまじとこちらを見つめた。そしておばあさんは、こっちにおいでという感じで、その家の目の前の道路までわたしたちを連れて行った。そして、遮るものが何もなく、海までひと繋ぎになった扇型の広い地形を指差した。

本当はね、ここから海は見えないんだよ。この辺りには五〇軒以上は家があったんだもんね。それも全部流されたのね。でもいまはこんなに海が見えるから、とっても落ち着かないんだ。

おばあさんはひと息にそう言って、ね、という感じでこちらを見る。

わたしたちは促されるままに、海に向かうゆるやかな斜面をぐるりと眺めた。何もない。というよりも、ここに何があったのかわからないから、いまがない状態なのかもわからない。平らな地面には、田んぼらしき区画の境界線がかろうじて見つけられる。あちこちに壊れた何かが落ちている。曇り空で日が沈みかけていて、あたり全体がくすんだ青色になっていく。すこし肌寒いような、怖いような風景がそこにある。


それからおばあさんは堰を切ったように語り始めた。自宅の庭先まで津波が上がったけれど、自分は波を見なかったこと。たくさんの友人知人が亡くなったのに、ずっと泣けなかったこと。被災によって明確な境遇の差が出来て、いくら近しい間柄でも迂闊なことは話せなくなってしまったこと。被災した人たちの気持ちを考えると、何もできないことへの無力感と申し訳なさが湧いてくること。復興するまでにはきっと途方もない時間がかかり、それを自分は見届けられないだろうということ。失われてしまったまちは、とてもうつくしかったということ。

わたしたちはおばあさんの止めどない語りを聞きながら、うん、とか、へええ、とか、まったく気の利かない相槌を打っていた。彼女からすれば、こうして語ることはひとつの気遣いで、せっかく遠方から来た客人に対して手土産を持たせるような感覚もあったかもしれない。けれどわたしは、〝被災〟という大変な出来事について聞かされている状況自体にたじろいでしまって、彼女がどんなふうにこの話を聞いてほしいのかさえ見当がつかなかった。

しかしそれでも、彼女が言いたいことは思いのほかよくわかると感じていた。東京からノコノコとやってきたわたしと、〝被災地〟に暮らす彼女の心情には、もしかしたらすこし似ているところがあるのかもしれないとすら思った。

彼女は、被災の〝当事者〟——家や家族を喪ったりした、彼女より被災の程度が高い人たちに対して、とても気を遣いながら語っていた。自分より当事者性が高い人びとが存在することを前提とし、自分自身を当事者性の中心から外れた位置に置いているからこそ、彼女は、境遇の差が出来てしまった近しい人たちに対して、自分の気持ちを語れなくなり、苦しんでいるように思えた。

たとえば東京で暮らしていたわたしからすれば、被災地と呼ばれていた東北沿岸の住人はもれなく当事者のど真ん中にいるように見えていたけれど、その地域のなかにも、いやむしろその中心に近いからこそ、その境遇の差は際立ち、境界を隔てる壁は高くなる。だから、当事者性の中心により近い領域にいる人たちとおばあさんの間より、おばあさんとわたしたちの方が、むしろ近いように感じるのかもしれない。だから彼女は、遠方から訪れた見知らぬわたしたちに、被災地の現状を伝えるという形で、わりきれない気持ちを吐露してくれたのではないか。そう思うと、彼女が語ってくれている限り、わたしはここに居てよいのだろうという気持ちになれた。そして、せっかく聞き手として居させてもらえるのならば、この語りを受け取れるだけ受け取りたいと思い、一生懸命に相槌を打った。

いつの間にかとっぷりと暗闇になる。

彼女はひしゃげた隣家を背景にして、復興したらまた来てくださいね、と手を振ってくれた。わたしたちはすっかり彼女に親しみを覚えて、復興など待つことができずに、その後毎月のように彼女のもとへ通うようになる。

あれからもう一〇年が経とうとしている。わたしは震災の一年後から三年ほど陸前高田で暮らし、いまは仙台を拠点にしながら、相変わらず被災地域に通っている。

これまでに幾度となく彼女の語りを振り返るなかで、気づいたことがある。それは、彼女は彼女自身のことだけではなく、さまざまな境遇に置かれた人たちの存在自体を含み込みながら、語っていたということ。死んでしまった人の気持ちを想像し、家や仕事を失った人が語ったことを思い返し、聞き手の様子を探りつつ、自分自身の心情や想いを込めて語っていた。当事者性のマッピングのあちこちに置かれた存在たちが意識されていることで、語りは多声的なものになりうる。その声は、とても豊かな場をつくってくれる。

もうひとつの気づきは、他者の存在を思いながら、〝語れなさ〟や居づらさを抱えて迷う者同士は、ふと繋がれる時があるということ。たとえ初対面の旅人とだって、ふだんは複雑な関係性にある相手とだって繋がることができる。なにより、語りというものはそういう瞬間にこそ、生まれてしまうもののようにも感じる。

すこし極端な話だけれど、当事者性の中心にいるのがすでに死んだ人だとすれば、生きている者はすべてその外側にいるので、同じ迷いを抱えていると捉えることもできる。それならば、生きている者同士は、ある程度の気遣いを持ち合いさえすれば、誰もが対等に語り合えるのかもしれない、とも思えた。

今回このお話を書いたのは、この当事者性の中心にあり、語れぬ存在であるとされる死者とさえ語れる、ということがあってもいいのでは、と思ったからだ。すこし怖いようだけどそれだけでもないというか、ごく自然なことのような気がしている。

死者たちを語れないままの存在にしてしまうのではなく、彼らの声を聞きながら、生きている者たち同士で手を繋ぐことができたら。そのとき、いったいどんなことが起こるのだろう。


（二〇二一年一月）

第2章

霧が出れば語れる

わたしの家はあたらしい地面の上にある。周りにはまだ家が少なくて、ずっと広い空き地のような感じだ。一番近い家が歩いて五分くらいだからお隣さんと呼ぶには遠すぎるけど、でも遮るものがないからその家の明かりが灯ればすぐに気づくことができる。たぶんあっちから見てもそうで、お互いを気にしあう関係が出来ているのだとすれば、それはお隣さんと呼ぶのに十分なのかもしれない。その家には三〇代くらいの夫婦とおじいさん、そして男の子とちいさな赤ちゃんが住んでいる。男の子は近ごろ補助輪のついた自転車に乗り始めたから、小学校に上がる前くらいだろうか。ふたりの姿を見るたびに、あの子たちは震災を知らないんだなあと思う。

高校に通う道のりはほとんどが平らなので、わたしは自転車で通学している。うちの周りの、建物がほとんどないエリアを五分ほど進むと、飲食店がポツポツあって、その先は中心市街地と名付けられ、小規模だけどショッピングモールと商店街がある。お金も移動手段もない高校生的には、だいたい図書館か公園にたまって放課後を過ごす。少ないながらもまちなかに居場所が出来たのはうれしい。

家がない、家族がいない、働く場所がない。そんな状況からここまで来た。大人がほんとうに気を張って、がんばっているのをずっと見てきた。いつもがんばりすぎていて、子どもなりにも、この生活がいつか崩れてしまうのではないかと心配する気持ちが強かった。実際、こころが折れてしまった人もたくさんいた。同級生で、とつぜん言葉が話せなくなった子もいた。小学校のころまではいつも明るくてクラスの中心にいたのに、中学校に上がってからそうなって、だんだん学校にも来なくなった。彼はたしか内陸の、海のないまちに引っ越した。

こんな霧の日に彼のことをよく考えるのは、空気が冷えて、夢から覚めるような気持ちになるからかもしれない。こんなに目まぐるしくいろんなことが起きているのに、わたしはふつうに暮らしていて、その方が変なのではと思うことがある。でもそれがこの一〇年間のわたしたちの日常で、わたしたちはこのまちが再建されるのと一緒に成長してきた。

今日は親友が委員会で遅くなるのでひとりで帰宅する。高校から出て短い坂を下り、中心市街地を通りすぎ、草はらみたいな宅地をまっすぐに走る。霧のつぶで頬が濡れる。

ちょうど自宅の前まで来ると、お隣さんの男の子がいた。自転車の練習をしていたらここにたどり着いたらしい。どこに行きたかったの？　と尋ねると、一番遠く！　と答えるので笑ってしまった。男の子の家の方を振り返ると、玄関のところに赤ちゃんを抱いたお母さんが立っていて、こちらに気づいて会釈した。男の子はまだまだ遊びたい感じだし、じゃあ一緒に行こうかと声をかけると、歓喜の声を上げながら自転車を走らせる。思ったよりもおぼつかない様子を見てわたしは、ひとまずカバンと自転車を置いて男の子を追いかけることにした。男の子は山側に向かってまっすぐに進もうとしている。わたしはその後をついていき、わあ危ない、とか、じょうずじょうず、なんて声をかけながら、手持ち無沙汰に辺りを見ていた。いつもなら自転車で突っ切ってしまうから、こんなにゆっくりとあたらしい風景を眺めるのは初めてかもしれない。

山の形に違和感があるのは、わたしたちの暮らすこの地面が一〇メートルも土を盛って最近造られたものだからだ。それで山が低くなったために、父が津波の時に駆け上がったという竹やぶがすぐ目の前にある。津波から二ヶ月くらい経ったあと、壊れた家を解体するからと言って連れてきてもらった時に、この場所にも寄って話を聞いた。父が避難したのは近所の子どもなら知っている抜け道で、ちいさいころのわたしと幼なじみがそこで遊んでいるのが写真に残っていた。その写真を撮ってくれた近所のおばあちゃんが津波に流されて亡くなっていたのを知らされたのは、たしかわたしが中学生になってからのことで、大人たちなりの気遣いを感じつつも、でもそうしているうちにおばあちゃんの顔を忘れてしまった自分が悔しかった。

　わたしはあの日、小学校にいた。一四時四六分に大きな地震があって、校庭に避難した。だんだん近所の人たちも集まってきて、そのうちの誰かが、津波！　と叫んだのでみんな散り散りに逃げたのだ。当時わたしは二年生の終わりで、隣の列に並んでいた五年生のお姉さんに手を引かれて校舎の三階まで上がった。結果としてうちの学校で亡くなったのは、お休みしていた七人だった。その後、遅れて始まった新学期には児童の半分近くが転校してしまっていて、お姉さんもそのうちのひとりで、いまだにお礼もお別れの言葉も伝えられないままでいる。お姉さんの顔も名前もやっぱりおぼろげで、それが悲しい。

　お姉さん！　という高い声が聞こえて顔を上げると、男の子が黒い大きな石碑を指さして、これは何？　と聞いてくる。それはたしか昔のまちにあった何かの石碑で、わりと最近ここへ移設されたものだ。しかし、何？　と正面から問われてもよくわからない。石碑って言うんだよ、大事なことが書いてある石。本当はこの地面のずっと下にあったの。とわたしが言うと、男の子は、この下？　と言ってつまさきをトントンと地面に打ちつける。柔らかい土が跳ねる。

　まずいことを言ってしまった、と思った。この下に何かあるの？　と問われて、でもそれを説明するのはすこしむずかしい。だってあなたの立っている地面は悲しい出来事から生まれたもので、ほんとうはこの下にみんなが暮らしていたまちがあったんだから。でもこんなにちいさい子に、そんな話を急にしていいのかと迷ってしまう。それに聞かれたってわたしもよくわからない。当時はまだ二年生だったからほとんど何も知らないし、覚えていないのだから。男の子は不思議そうな顔をしたまま、こちらをじっと見ている。ああ詰んだ、と思った。

むかあしむかし、この下にまちがあったの。

わたしはとっさにそう言った。

とってもいいまちだったんだけど、いろんなことがあってね。あたらしいまちが必要になったから、みんなで頑張ってつくったの。だからわたしたちはここにいるんだよ。

わたしの話に、男の子は、え！　と声を上げてはしゃぎだす。そして、じゃあなんで地面は硬いの？　何があったの？　下のまちの人はどうしているの？　と次々に質問を投げかけてくるので、わたしはそのたびにうんうん頭をひねって答えていった。

どうやったら行けるの？　という問いに、下のまちが一番遠い場所かもしれないね、と返したのはわれながらセンスがよかったなと思う。

碁盤の目に整備された道路を並んで歩く。この下には何があるの？　と何度も尋ねられるので、思い出せるものは思い出し、わからないものは適当に答える。郵便局、公民館、タケちゃん家、わたしの家……そこでまた男の子は、え！　と叫ぶ。お姉さんの家があったの？　と聞いてくるので、そうだよ、と答えると、いいないいなと跳ね回る。わたしは思わず笑ってしまって、たぶんあなたのお父さんやお母さんのお家もあったと思うから、あとで聞いてみたら？　と言ってみる。

霧の日は湿っぽくてにおいが濃くなる。どこかの家から流れてくる夕飯のにおい。せっけんのにおい。そして、シロツメクサのにおい。

草はらのような宅地を歩いていると、小学校の帰りに寄り道して、流された町跡を歩いた時のことを思い出す。あの時はまだ昔の道路があって、あちこちに花束が手向けてあった。家々があった場所には、真っ白いシロツメクサが生えていた。

ああそうだ。海のないまちに引っ越した、あの男の子と一緒に来たのだ。と、わたしは思い出す。下校途中によくここに寄ると言うので、ついてきたのだ。彼は歩きながら落ちているものを拾ってはじっと見つめて、また茂みの中にポイと捨てた。ちいさかったなりに、わたしたちも何かを知りたかったのかもしれない。なくなったもの。あったもの。起きたこと。これからのこと。

そうだ、教室の窓からわたしたちはずっと、風景が変わるのを見ていた。壊れたまちの奥に、海が見えた。あの日、大きくふくれた海。

ねえあなたのおかげでいろいろ思い出したよ、と言うと、男の子は、そっかあとつぶやいてふたたび自転車にまたがった。一気に漕ぐ速度をあげる。自転車のライトがウワンウワンと音を鳴らし、行き先を照らす。わたしは小走りでついていく。

お隣さんの玄関に明かりが灯っているのを確認して、じゃあね、と声をかけると、男の子は、またねえ！　と叫ぶ。夜の霧の中をライトの光がまっすぐに進んでいくのを見届けて、わたしは、わたしの家に帰る。

——

東日本大震災から丸一〇年が経とうとするいま、いったい何を書きたいだろうと考えていた。最初は陸前高田でお世話になった故人について書こうと思っていたのだけど、ちょっと違う気がして書き直した。彼の語ったことはいつか必ず書くとして、わたしとしてはこのタイミングで、たしかに積み上げられてきたものと、あたらしく生まれつつあるものについてレポート的に記しておきたいと思った。

わたしがこの一、二年でとくに感じていることのひとつは、震災の語りに関して、すでにあたらしい〝聞き手〟が生まれていて、それに付随するようにしてあたらしい〝語り手〟も生まれつつあるのではないかということ。一〇年が長いか短いかという個人の感覚とは関係なく、一〇年経てば人は一〇歳年を取り、亡くなった人もいれば生まれた人もいて、語れなくなった人もいる。それは〝語り伝え〟、〝継承〟の現場にとって、とても大きな変化だと感じている。

震災の語りはこれまで〝当事者〟あるいは〝体験者〟と呼ばれる人たちが中心となって担っ

てきた。とくに近しい人を亡くした人たちはその語りを求められてきたし、強い使命感に突き動かされて自ら語ってきたとも思う。それはとてもかけがえのない営みで、聞き手の胸を打つ。けれどその語りを一〇年も繰り返せば、彼ら自身、しんどい気持ちでいっぱいになってしまうことだってある。これまで遺族として表に立ち続けてきたある人は、「これまでどんな場所でも語ってきたけど、やっぱり語りたくなかったのだと気がついた」と言った。辛いものは辛かったのだ。そろそろゆっくりしたい。

また、〝被災地〟ではあたらしいまちが整備され、壊れた風景が目に見えなくなるにつれて、日常会話に震災の話が出ることも減ってきたと思う。自宅や店舗の再建をすれば、日々は忙しくなる。形は大きく変わったとしても、こうしてやっと日常が取り戻された。それはとても力強い変化だ。

このように振り返ると、いままで主な語り手だった〝当事者〟たちがあまり語らなくなってきたことを、忘却の問題としてただ悲観的に捉えるのはすこし違う気がしている。むしろ時間が経つことによる癒えが、徐々にではあるが広がってきているように思える。防災や歴史の観点で忘れてはいけないことがある一方で、個人が個人の体験から来る辛い記憶やそのぶり返しから逃れられるようになるのは、癒えにとって必要なことだ。

被災地域の着実な変化の一方で、やはりこの一、二年で、遠く離れた場所に暮らしているような、当事者性が弱い（と思っている）人たちから、「いままで何もできなくて申し訳ない。でもやっと知りたいと思うようになった」と声をかけられる機会が増えた。とくに、震災の時に子どもだったような、一〇代、二〇代の年若い人たちが多いため、最初は、「そんなに気負わなくてもいいのでは」とか、「これじゃ二〇一一年と同じ地点で立ち止まったままじゃないか」なんて心配もしたけれど、もしかしたらそうではなくて、一〇年近い時間をかけて、こういう声を上げられるまでに進んできたのかもしれない。彼らは、子どもから大人になるという身体的、精神的な成長も経て、聞き手になる準備が整いつつある人たちだと捉えることもできる。

語らなくなりつつある〝当事者〟と、聞きたいと願うようになった〝非当事者〟。あんまり語りたくはないけれど、信頼に足る人になら語ってみたい。自分が聞いていいのかわからないけれど、聞かせてもらえるなら、丁寧に向き合いたい。そんな両者が出会えば、そこには、いい語りの場が生まれるのではないか。

そして、実際に話を聞くという経験をすると、聞き手はその後、語り手にならざるを得なくなるところがある。受け取ったものが大切すぎるあまり、自分の中だけにしまっておいてはいけないと思ったり、聞いたことのその重みに耐えかねて、自分を守るためにも誰かに手渡さなければと動き出したりする。すぐに語り出す聞き手もいれば、その時を何年も待って語り始める人もいるかもしれない。もちろんその価値に気づかないままの人もいるけれど、その人の身体にも、話を聞いたその時間は刻み込まれている。

このように、〝非当事者〟あるいは当事者性の低い人たちが、〝当事者〟の話を聞く体験を通して、その話を伝える語り手になっていくという流れは、継承において、とても基本的なことなのだと思う。口伝えで広まっていく民話を想像してみてほしい。

わたしの実感としては、おそらく聞き手というものは、ある程度当事者性の中心から離れている人の方が担いやすい。震災を語り伝える場においては、語り手は体験者役を引き受け、聞き手はある程度その出来事を知らない者としてふるまう。互いの距離が離れている方がそういった役割分担がしやすく、そのうえで、やり取りを重ねながら互いを理解していく。語り手は何をどのようにどこまで話すかを判断しながら語り、聞き手はそれを受け止める。また、一時的なものであれ、両者が信頼関係を結ぶとき、語り手だけでなく聞き手側の体験や背景も尊重される。

これはまったくの私見だけれど、一〇年が経とうとするいま、震災体験の継承の営みにおいて、このあたりまでは、いろいろな形で実践されつつあると感じている。

さて、わたしがいま気にしているのは、たとえば被災地域の子どもだった人たちが語り手になるために足りないものは何か、ということだ。先ほども述べたように、いわゆる非当事者と当事者は、聞き手と語り手の関係を結びやすい。それに対し、自分自身を当事者とは捉えておらず、当事者寄りにいながらも語ってこなかった人たちの声が、まだまだ聞かれていないように感じている。彼ら自身にも語るべき体験や想いがあるはずなのに、これまで「震災は大人の問題」と捉えて自らは語ってこなかった、子どもだった人たち。彼らは成長に伴い自らの言葉を獲得してきているはずだから、おそらく足りていないのは聞き手だ。彼らを語り手として相対する人が圧倒的に足りていない。

しかし、もしかすると、彼らのような立場の人たちは、これからもなかなか語りづらいかもしれない、という予感もある。わたしがまた別に行なっている戦争体験の聞き取りで、終戦当時に子どもだった人たちが、「自分は子どもだったから語るに値しない」と言葉を濁すことがある。もちろん辛い記憶や難しい問題を語りたくない、語れないという気持ちがあるのかもしれないけれど、それだけではないと思うのだ。

「霧が出れば語れる」と題したこの物語では、震災の後に生まれたちいさな子どもに、震災当時小学生だった人の聞き手になってもらった。聞き手と出会うことで彼女は、語ってよいのか、どう語ろうかと戸惑いながら、自分自身の中にある語りたいことと語らねばならないことに気づいていく。これからの長い人生で、彼女たちが、あたらしい聞き手に出会えることを願って。

（二〇二一年三月）

第3章

今日という日には

こんなふうに今日を迎えるとは思ってもみなかった
朝からきれいな青空でずいぶん心地がよいのだから
あの日の朝のことは覚えていないけれど
夕暮れの吹雪はいまも目に浮かぶ
わたしは駆け上がった高台の公園で、まちが壊れていくのをじっと見ていた
大勢の人が集まっているのに身体を寄せるということもなく呆然とし
ただひとりきりだと感じていた
眼下に広がる巨大な水たまりと
その底に沈んだわがまちを
この雪が、すべて覆ってくれればいいのにと願っていた

わたしはいま、あたらしいスーパーへ買い物に来ている
夫は朝から新幹線の駅まで娘を迎えに行き
わたしは丘の上の公営住宅に暮らす母とここまで歩いてきた
息を切らす母の背中をさすりながら
あなたが今日まで生きてきたことをたしかめてホッとしていた
スーパーの入り口で黒いスーツを着た娘が手を振っているのを見つけて
母がおもわず笑顔になった
再会はどんな日であれ、うれしい
ここに父と兄がいないことは、うんと悔やまれるけれど

平日なのに店内は家族づれで賑わっていた
われわれのように喪服を着ている者も多い
みな、あの日から一〇年の式典にゆくのだろう
「遺族」と呼ばれるようになって一〇年が経った
このまちの会話ではもう被災者という言葉は出ないけれど
テレビをつければ

わたしたちはまだそれを演じねばならないのだと気がつく
レジの横のイートインコーナーで
仮設団地で一緒だったふたりのおばあちゃんを見かけて
その手に缶チューハイが握られているのを見てちょっと笑った
なんでもない平日を楽しんでいるのか
悲しみを癒す酒なのかはわからない
そしてふたりはそれぞれに、まったく違う気持ちなのかもしれないけれど
今日という日に、となりあう人がいてよかった、と思う

ねえせっかくだから外で食べよう
と娘がはずんだ声で提案するので
そうだなあ追悼公園も出来たし行ってみるか、と夫が答えた
スーパーの駐車場を歩きながら
この真下あたりがばあちゃん家かな、と娘がつぶやいたので
ええどうだろう違うんじゃない、ほらあの山の見え方がちょっと
とふりかえると、おもいがけず空が近い
嵩上げ工事は一〇メートルだっけ、とわたしが問うと

たしかそう新聞にあったな、と夫が答える
ねえ幽霊も埋まってしまったかな、と娘が言うので
みんなお空に上がったの、と母が笑った

海辺の公園にはたくさんの人がいる
ちいさな子どもを追いかける夫婦
おしゃべりをしながら寄りそっている老人たち
休憩中の工事作業員たち
ずいぶん高い防潮堤の上をひとり歩く人
それぞれに、この時間を過ごしている

海風は冷たいけれど日差しのあたたかさが心地よい
いつもとおんなじお弁当でも今日はおいしいね、と母が言うので
わたしはちょっと泣きそうになる
おじいちゃんもおじさんもここに居てほしかったね、と娘がつぶやくと
みながふと顔を上げて海の方を見つめる
そうだよ、ねえなんでいないの、とわたしは思う

一四時四六分は海を眺めていようか、と夫がつぶやく
何それいいこと言うじゃん、と娘が答えて
え、せっかく喪服着たのに式に行かないの、とわたしは返したけど
それはいいねえ、と母も言うので
まあいいか、気持ちがいいしね、とわたしも頷いた
こんなにおだやかな日はいつぶりだろう
やっぱりあなたたちとも一緒に過ごしたかったよ
とわたしは胸の内で語りかける

一四時半くらいになると他の人も動きだした
申し合わせた訳ではないのになんとなく列のように連なって
海辺の防潮堤の方へと向かってゆく
わたしたちもその列にそろそろとついてゆき
真あたらしい防潮堤に刻まれた階段を登り
ふたつの半島に挟まれた丸い湾口を眺める
やわらかい輪郭をした濃紺の海がゆれている

なんという青さだろう
わたしはこの青を見ると身体から力が抜けるのだ
あの日たしかにここから海があふれ出したのだけど
あれは濃いグレーだったから別物なのかもしれない
気が遠くなるほど長い夜が明けたあのとき
やっぱりすべて流されたとわかって涙が出たけれど
きらきらと光る水面はどうしたってうつくしくもあった

それから今日まで、ほんとうに忙しなかった

瓦礫の中を歩いて、娘の小学校に集まっていた家族に再会した
ほっとしたのは束の間で、兄の不在に気付いて血の気が引いた
幸い、兄ははやめに見つかったけれど
いつまでも見つからない誰かを探しつづける人たちの姿は切なかった

慣れない避難所暮らしでいがみ合うこともあった
仮設住宅は手狭で、動くたびに互いの身体がぶつかった

壊れた町跡が解体されるのは仕方がないと思っていたけど
実家と自宅の跡地が埋められた時にはひどく落ち込んだ
夫の職場も流されたから、生活が安定するまでに時間がかかった
周りの人たちが仮設を出ていくのを見ては焦り
自宅の再建について夫と口論になることも多かった
父が生きているうちに家に招きたかったけれど
間に合わなかったのはわたしの臆病のせいかもしれない

娘が高三の時に家が完成し
半年でもひとり部屋を使わせてやれたのはよかったと思う
父はいま、兄が眠る墓に入り
母は週に一度、デイケアに通うようになった
わたしは最近あたらしい仕事をはじめ
夫は趣味の釣りを再開した
わたしたちなりに歳を取り、それなりに進んできた

そろそろだよ、と娘がつぶやく

母はシワが刻まれた手をしっかりと合わせ
夫はぼんやりとした目で正面を見つめている
長い防潮堤の上にはずっと、人びとの列が連なっている
さまざまな服装の人たち、さまざまな理由でここに立つ人たち
そのひとりひとり誰もがきっと、何かを、誰かを想っている
わたしはホッとしたような気持ちで目をつむる

一〇度目の防災無線が鳴る
しずかな時間をともにすごす
風と波の音
海鳥の声
工事車両の行き来する音、槌音
人びとの息づかい
わたしたちは今日、ここにいる

さて、という母の声でわたしは目を開ける
ちょうど深呼吸を終えた娘に、夫が何かを話しかけている

ほんとうにいろんなことがあったね、と母の細い肩を抱くと
まだ生きねばなんねえなあ、と笑っている
みんなの元気な姿をふたりにも見せたかったよ
とわたしが言うと
なあにいつも一緒にいてくれてるでしょう
と母が不思議そうな顔をする

明日から何が変わるということもないけれど
ねえここまで来ましたよ、なんて報告をしたくなる
今日という日には

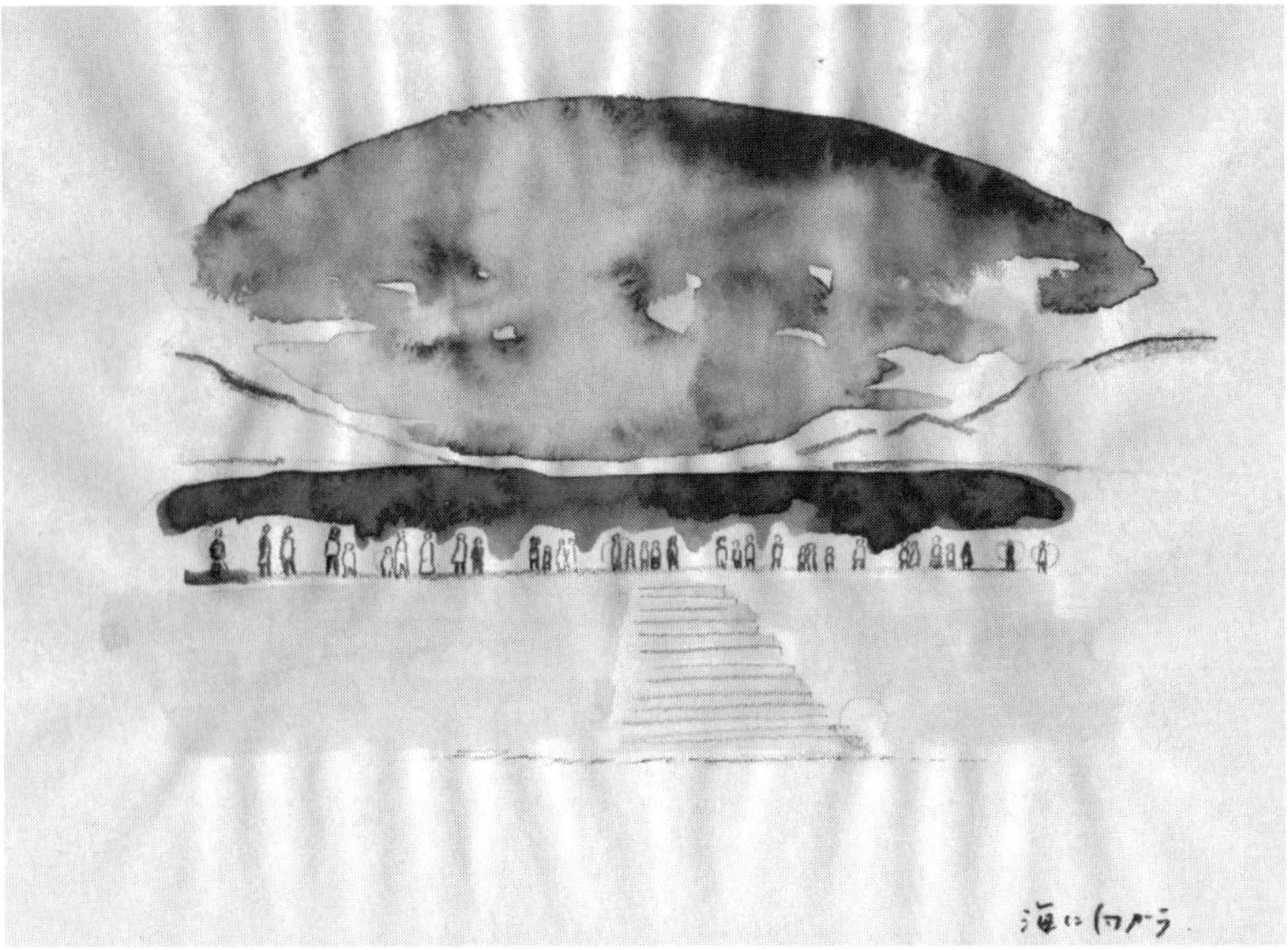
海に向かう

一〇年目のその日のことを記録しようと思い、ちいさな物語を書いた。東日本大震災の津波被災の象徴として描かれがちな、〝被災地〟陸前高田に暮らす友人たちの、その日の感じを書き留めたかった。

二〇二一年三月一一日は、朝からきれいに晴れて風もそれほど強くない、とてもおだやかな一日だった。この日をめがけて帰省する人も多かったのか、まちはいつもより賑わっていて、弔いの場はなによりも集いの場でもあるのだと気がつく。うれしい再会ととりとめのない思い出話、しんみりとした沈黙。集う人びとの間に、死者の居場所が出来るのだとつくづく感じた。

新型コロナの感染拡大への懸念もあり、仙台市に暮らすわたし自身は、陸前高田に行くか迷っていた。けれど、三月に入って急激に盛り上がるSNS上の議論や、報道を通して伝わってくる〝震災像〟に、ある種の過剰さや遅さを感じて苦しくなってしまい、実際の現場はどのような雰囲気なのか、自分の目で見たいと思った。その日のことは最後に書くことにして、まずはコロナ禍にあった〝一〇年目〟のことを記述していく。

二〇二〇年の春からコロナ禍に見舞われ、いまだ状況は改善されていない。最初の頃、東北地方は感染者がそれほど多くはなく、とくに陸前高田のある岩手県は、七月の終わりまで感染者が出なかったために、かえってその閉塞感が強かったように思う。

こまかい話で言うと、陸前高田の住民からすれば、隣接する宮城県は仕事や買い物のための生活圏であるにもかかわらず、他県との往来は避けるべしとされたために、日々の生活にも支障が出る状況になった。当然飲食店を訪れる人や観光客は減り、とくに商売をする人たちの生活は苦しくなる。「やっと再建したところにコロナで大変」といった嘆きの声を、SNS上に投稿する友人も多数いた。経済的な苦しさと未知の病への不安、そして差別への恐れが、被災地をも襲う。体験したことのない感染症の流行にどう対応するかが目下の課題であるのは、全国的な状況だったと思う。

一方で、震災報道に携わるメディアの人たちは悩んでいた。とくに秋頃までは、彼らから、「遠方から取材に入れず困っている」とか「(コロナを差し置いて)震災だけを扱うことが難しくて悩む」といった話を幾度となく聞いた。こんな状況だったため、しばらくの間は震災報道自体多くはなく、ここではあえて被災地の内と外という表現を使う(もちろんその境界など曖昧で、ふたつの立場はグラデーションでつながっている)けれど、基本的にメディアを通して震災に触れる〝被災地の外〟の人たちにとっては、震災との距離を縮める機会が少ない〝一〇年目〟だったのかもしれない。とはいえ結果的には、徐々に感染症対策をすれば取材ができるようになったのか、被災地域を直接映し、震災だけを扱った番組も、三月一一日前後には多数放送されていた。映される人たちもみなマスクをつけたまま、さまざまな制限がかかるなか急ピッチで取り組まなくてはならないなど、取材の際には多くの苦悩があったのではと想像する（そしてこうして残された映像が、未来の人びとにはどのように見えるのだろうということも気になっている）。

しかし、そもそもこうしたメディアの取り上げ方はなかなか奇妙なものでもある。まず、キリのいい数字だからといって、なぜ一〇年目をメモリアルな時間としなくてはならないのだろう？　被災地の内外を問わず、誰にとってもその前後の時間に区切りはないはずなのに、突然特別な節目を迎えている気分にならなければならないのは不思議なことだ。とはいえ個人的には、それを問うこと自体にはあまり意味がない気がしている。キリのいい数字はどうしたって、多くの人の共通言語としてとてもよく機能するし、その価値は確かにある。

わたしとしてはそれよりも、この一年間、震災に関する会話の前置きに、「一〇年が節目というわけではないですが」とつくことが多かったのが引っかかっている。まるでこの言い回しが、震災に関する〝当事者性〟がより強い人に話しかける際の作法のようになっていたけれど、本当に必要だったのだろうか。この文言をめぐる各所での反応を見ていくと、被災地の内と外のズレのようなものがわかる気がするので、このことについて書いてみる。

まず、この文言をもっとも気を使いながら多用していたのは、ふだん〝被災地の外〟にいる人たちであった。震災取材をする人のほとんどがこの文言から会話を始めていたと思うし、とくに取材ではなくとも、被災地の外の人から日常的な会話として震災の話を振られるときにも、これがついてくることが多かった。「一〇年目だから来た」「一〇年目だから思い出している」ことへ後ろめたさがあるのだろうか。それとも、それをわきまえているという素ぶりが必要だと感じてしまうのだろうか。

いつの間にか震災について話を聞かれる立場になっているわたしとしては、それだけ震災を語ることが、〝当事者〟だけの特権のようになっていることに危うさを感じている。もう一〇年も経っているのだから、外の人がふだんは震災のことを忘れていたり、それについて話す機会がなかったりするのは自然なことだと思う。一方で、時間が経ったからこそやっと、当事者性の弱い人たちも自分自身の体験に向き合えるようになってきているはずで、もしいま震災について話したい、考えたいと感じるのだとしたら、むしろ節目をうまく使ってほしいと思う。

また、被災地とその他の地域をつなぐ拠点のひとつである仙台の中心部には、自らも地震被害を経験しながら、沿岸部などの支援を続ける人たちがいる。そういった活動をする友人が多いので、わたしも〝一〇年目〟をどうするかという話し合いに参加することがよくあった。どうしたって活動の資金援助を受ける機会や世間の関心が節目に向けて集中するので、作戦会議が必要となる。ある友人は、「戦略的一〇年目」という言葉を使った。被災地域の内側をよく知っており、外への発信力も獲得してきた彼にとっては、久々に注目が集まるこのタイミングをうまい形で利用し、これからにつなげていきたいという思いがあった。

もしかしたら、被災地の内と外の間に立つ支援者たちこそ、もっとも直接的に、〝一〇年目〟というものを問われたり、考えたりする機会が多かったかもしれない。だからこそ、〝一〇年目〟という言葉に拒否感がある人も多いように感じる。節目だからと言って集まってくる人たちに、被災地や被災者が消費されるのは許せない。そんなことは未然に防がなくてはならないという使命感もある。支援者たちは、「被災地にとって一〇年目は節目ではない」とあえて語った。それは、自分たちよりも、より〝当事者〟である人びとを守るために必要な壁をつくる術でもあった。わたし自身も支援者的な立場ではあるのだけれど、彼らの姿勢をリスペクトしつつも、その潔癖さには正直うまく乗れない感覚があった。

それから、この一〇年間被災地として語られてきた陸前高田についても書いていく。陸前高田で嵩上げ工事の目処が立ち、あたらしいまちが動き出したのは二〇一七年の春である。その後周辺の造成も進んだため、住宅を再建する人も急増した。被災直後からこのまちを訪ねてきたわたしの視点では、そうして生活が仮の状態を抜け出し、日常の風景に被災の傷跡がほとんど見られなくなったその頃が、ひとつの変わり目だったように感じている。二〇一七年三月一一日の七回忌も重なっていて、「そろそろ進んでもいいよね」と亡くなった家族に語りかけたのだと教えてくれた人もいた。

そんなふうに、すでに日常を取り戻しはじめて久しい陸前高田での〝一〇年目〟の会話には、「もう一〇年も経つんだもんなあ」という語り方がごくふつうに使われていた。一〇年経って一〇歳年を取り、子どもや孫が生まれたり、誰かを看取ったりした人もいる。

震災はものすごく大きな出来事だったけれど、もちろんそれぞれの人生はそれだけではない。むしろ、あの時から必死に一歩一歩を積み重ねて生活を立て直してきたからこそ、一〇年という外的な節目を使って、ふと立ち止まる時間を愛おしむこともあったのではと思う。あの時得た悲しみや傷が完全に癒えたわけではないだろう。時間が経って、より傷が痛んでいる人もいるかもしれない。けれど、陸前高田の人たちにとってあの出来事が大きいからこそ、人生の中の経験としてそれをふりかえり、現在地を確かめるためにも、節目は必要だったと思う。


ここでは、被災地の内と外、その間について事例をあげてみた。この一年でわたしが気づかされたのは、被災地の外の人が持つ〝被災地〟のイメージは、「不幸の降りかかった場所」からあまり更新されてはいないようだ、ということだった。いよいよ震災報道が盛り上がった三月のSNSには、「節目ではない」「まだまだ傷ついている人がいる」「不謹慎」などの言葉がたくさん書き込まれ、「震災を忘れない」という言葉とともに拡散されていった。それはすべて正しくもあるのだけれど、一方でそれだけではないということがなかなか伝わっていない。被災地域の人たちには、一歩一歩と進んできた実感があるのに、そのことがむしろ語りづらい。いつまでも悲しみに暮れる姿が描かれることに対して、彼らが違和感や怒りを感じるのはもっともだと思う。

総じて、コロナ禍にあった〝一〇年目〟、というかこの一〇年間は、被災地の内と外とのコミュニケーションが足りていなかったし、あったとしてもどこかに偏っていたのだと思う。だから、被災地の外の人たちは、「被災した人は傷ついている」という認識を固定化し、直接彼らの話を聞こうとはせず、その不幸から救うための議論を勝手に進めてしまう。その間にいる支援者たちがもっと通訳のように動ければよかったのかもしれないけれど、現場で動きつづける彼らがそれをも担うのは大変なことだ。と、どちらかと言えば支援者的な立場にいて、しかも伝えることを担おうとしてきたわたしとしては、穴があったら入りたいような反省だらけではあるけれど、いままたこの一〇年間を顧みつつ、これからに必要なコミュニケーションを考える契機としたい。

最後にわたしが二〇二一年三月一一日に陸前高田で見聞きしたことを報告したい。外の人が想像するよりもきっとおだやかな時間がそこにはあった。

まず、嵩上げ地の中心市街地はどのお店もとても忙しそうだった。コロナでお正月に帰って来られなかった分、その日に合わせて帰ってきた人たちも多いという。久しぶりの再会を喜びあう声がそこここで聞こえた。

一四時四六分は嵩上げ地の際で過ごした。海からは離れているけれど、かつての地面を近くに感じられる。いろんな人がいた。地元の人、移住者、マスコミ、旅行者、そして工事作業の手を止めてやってきた人たち。市職員によるアナウンスの声が響き、黙祷の時間がやって来る。一〇度目の防災無線が響き渡る。日常の手をしばし休める、しずかな、しずかな時間。

そのあと、この一〇年で出会った人たちに次々と再会した。みんなとてもおだやかで、なんだかカラッとしていた。震災の話はほとんど出なくて、日常のこと、そしてすこし先の未来の話をしていたのが印象に残る。

このまちの人と結婚し、公務員として働いていた娘さんを亡くしたご夫婦は、最近は、いま自分たちが暮らしている四国のまちの防災に取り組んでいるのだと教えてくれた。「ここには災害は来ない言うてる市民が多くてかなわん。地域防災はいかに弱い人たちを助けられるかにかかっとる思うで。もう災害で亡くなる人は見たない」。福祉施設と連携して地域のニーズを調査し、市に要望も出しているのだという。

家族を亡くしたばあちゃんは、いまは高台でひとり暮らしをしている。「あらあ、よく来たこと。今日は一〇年の命日だもんね」と言って、たくさんの花に囲まれた祭壇に案内してくれる。「最近はひとりにも慣れて、元気にやっております。元気でなければ生きていかれないもんね。だって、生きねばなんねえもんね」と笑う。

夜には、手づくりのイルミネーションを見に行った。このイベントは地元有志によって二〇一四年から毎年開かれており、復興工事の過程に合わせて開催場所を変えながら継続してきた。被災した市街地跡の駅前通りを灯していた年もあったし、消防団の慰霊碑の辺りを彩っていた年もあった。そして今年は嵩上げ地の上のあたらしいまちでおこなわれた。

このイベントの仕掛け人のおじちゃんの言葉が、分けられてしまったままの被災地の内と外をゆるやかにつなげてくれると思うので、ここでお裾分けしたい。

今日がみんなにとってどんな日なのかなって思うんだっけな。ひとりでしんみりしてる人もいれば、おれみたいに、元気に生活してるのを見せたいっていう人もいる。地元の人でも、もう忘れてるみでえな人もいるよ。でも反対にまだまだ辛い人もいて、そういう人には声かけねばなんねえし。みんな辛い思いしても一歩一歩進んで、複雑な気持ちを抱えながら、一生懸命、ふつうに、それなりに生活してるわけだし。

なんだか外の人の方がしんみりしてしまってな。気ぃ使わねえで、楽しんで。今日という日に、みんな一緒にいられればそれで十分だよ。たとえ離れていても想いは伝わってるから。そんなに気負わねえで、ね。

（二〇二一年三月）

もちろんほんとうは行きたいですよ、でも正直いま素直に行きますと言えるかっていうとそれはむずかしいです。ビデオ通話の画面越しの彼がすこし引きつったような顔でそう言うので、わたしは、うんうん、そうだよね、ぜんぜんいいよ、と、こちらは気落ちしていないですよと伝えるために、なるべくハキハキとした調子で相槌を打つ。

すいません、ぼくいま実家暮らしで、両親と姉とみんなテレワークだし、自分もオンライン授業でみんなまったく家から出ないもので、ぼくだけ遠出するっていうのがちょっと。ほら、しかも最近そっちの感染者が増えたってニュースになってるじゃないですか。それで親も心配みたいで。実際大丈夫ですか？　ふつうに外出できる感じなんでしょうか。

彼の問いかけに、自分の気持ちが波立つのを感じる。たしかに二週間ほど前から感染者が増え、それ以降ほとんどのお店が時短営業になり、アーケードの人出もだいぶ減っている。とはいえ、ある程度ふつうの日常を送らないと気持ちも関係性も経済もあまりに大きな打撃を受けてしまう、というのが、未知の感染症とかいうやつが広まり始めてから一年あまりのわたしなりの実感で、だから外に出る人たちを単純に責めたりはしないようにしている。わたしは職業柄ひとり家でこなす仕事が多いけれど、友人たちのほとんどは毎日混んだ電車で通勤しているし、ときおりわたしも一緒に食事に行ったり、買い物に出かけたりもする。

近しい友人のひとりは学習塾の講師をしていて、生徒にうつさないように細心の注意を払わねばならず、全員の受験が終わるまでは仕事以外の外出をすべて絶っていて、何度もこころを病みそうなほど落ち込んでいるのをLINE越しに感じていた。でもやっとそれがひと段落ついたからと、先週ちいさな居酒屋の個室にわたしを誘ってくれて、ふたりでしずかに飲んだ。友人が、ああやっと外に出れたって感じだよ。わたし、親しかった叔母のお葬式にすら行けなかったの、と言うので、そうだわたしも去年叔父が亡くなったけどお葬式もなかったよ、と返した。すごい大ごとなのに、なんだか忘れてたみたい。子どもの頃よく遊んでもらったのに、とわたしが言うと、友人はうーんと首をひねって、でもしかたない気がする。電話一本で知らされただけじゃそんな大きなこと、かえって実感湧かないよね、と頷いた。帰りがけに厨房から店主が出てきて、ありがとうね、今月いっぱいでこの店もおしまいだから、と言うので、ふたりで、え！　と声を上げた。いつまでもこの状況じゃね、わたしも歳だし、と言って店主は目尻を下げたけれど、マスクで口元が見えないために、それが泣き顔なのか微笑みなのかさえわからなかった。この店はたしか三年くらい前、わたしたちがまだ学生の頃に一度火事になったのだけれど、半年後には復活してもとの賑わいを取り戻していたのに。しかし店内を見れば、今日の客はおそらくわたしたちふたりだけで、そのわたしたちだってもう一年半ぶりの来店だった。おじさんお店辞めてどうするの、と尋ねると、店主は、いまは考えないようにしてるよ。あんたらもがんばってね、と言いながら、わたしたちの手にポトリと飴玉を落とした。

そして昨日、スーパーの帰りにお店の前を通ると、まことに残念ながら閉店いたします、と油性マジックで書かれた白いコピー用紙が木製の戸にぺたりと貼られていて、わたしはそのあっけなさにたじろぎながら、それを写真に撮って友人にLINEした。こうやってひとつひとつまちの一部が壊れていくのに何もできないままの一年だったし、しかもそれがまだしばらくは続くのかと思うと気が遠くなる。友人が、くやしい!!　というテキストと、号泣するうさぎのスタンプを送ってきたので、ほんと泣きたいくらいだよ、と返す。数時間後、でも最後に行けてよかったよね。相変わらずおいしかったあ、と返信が来た。

こんなことがあったばかりだったのもあって、ビデオ通話越しの彼の、実際大丈夫ですか？　というたった一言の問いかけに、わたしの気持ちは波立った。感染リスクが上がっている状況で外に出るんですか。外食するんですか。飲食店はやってるんですか。べつに彼がそんなことを言ったわけではないけれど、わたしはもうこの手の会話に関しては、何手も先回りする癖がついていて、このまちで必死に生きている人たちのあり方をどこかで否定されたかのように感じて、そしてこのまちがすっかり汚れてしまったかのように思われている気がして、勝手に傷ついてしまう。家にいられない人がいて、家から出られない人もいて、それぞれ苦しさと矛盾を抱えている。そんなことはもうほとんどの人がわかっていて、彼だってそのはずだとわたしはちゃんと理解しているのに。

わたしたちはそれぞれ遠く離れたまちで暮らしている。そして、わたしはひとり暮らしの社会人で、彼は実家暮らしの学生で、そんな違いはこうなる前までは気にならなかったのに、いまは越えられない巨大な壁を感じてしまう。

彼が暮らす都市Aは、わたしが暮らす地方都市Bよりもよっぽど都会で、感染拡大初期の頃から感染者が多く、地方都市Bの住民たちのあいだでは、都市Aは危険だから行くな、なんて言われるようにもなっていた。感染症の拡大が始まった去年の春、わたしが外せない用事で都市Aに出向いたとき、彼は電車に乗って街中まで出てきてくれて、誰もいない公園で長いおしゃべりをしたことがあった。以来わたしは彼のことを、こんな状況でも会おうと思ったら会えてしまう、ちょっとした共犯者になれてしまう、すこし特別な人だと思うようになった。けれど、それもいまはもう違うのかもしれない。なんだか途端に不安になった。頼りにしていた居場所がまたひとつ失われたような感じ。
　この一年の間もこうして通話することがちょこちょこあって、時間が経つにつれて互いの考え方や選ぶ行動が違ってきていることには気づいていたけれど。たとえば誰かの発言に接したときに、個人的な感情と、自分が社会的な判断に基づいて取っている態度や行動、そしてその背景として構築してきた考え方が、身体の中でぐるぐると綯い交ぜになり、それらが過剰に反応して、一気に感情が揺れる。世界がこうなってしまってからは、そんなことばかりだ。それでも相槌はちゃんと冷静に打とう、と思う。

　人出はずいぶん減ってるし、じきに感染者数も下がってくるんじゃないかな。わたしもほとんど外に出てないよ、とわたしが言うと、彼はホッとしたように息をついて、気をつけて過ごしてくださいね、と言い、でもぼくだってほんとうは行きたいんですよ、と続けた。たぶんひとり暮らしだったら行ってると思う。けど、いま学生ですぐ実家を出られる状況じゃないし、家の中に波風立てたくなくて。せっかくなのに申し訳ないですが、と言ってこちらに目線を向けるので、いやほんと、気にしないで。ひとつの家に同じメンバーでずっと一緒にいたら大変なこともあるよね、とわたしは答えた。彼は、そうなんですよ、これが結構大変で、と笑ったあと、大学も休み明けから対面になるんですけど、べつに状況は改善されてないっていうかむしろひどくなってるみたいなのに、来ていいって言われてもなんか腑に落ちないところもあって。素直に喜んでる友人たちともうまく話せる気がしないんですよね、と続けた。

　家から出ない人の話を、わたしは、うんうん、そうか、なるほどねえ、と相槌を打ちながら聞いている。ときおり飛んでくる、チクリと刺さる言葉に当たらないように受け流していると、話題は次第に共通の趣味の話に移り、いつも通りに盛り上がって気づけば数時間が経った。ああやばい、またこんな夜中になってる。課題あるんでしょう、と尋ねると、そうなんですよ、そっちも明日は仕事なんですもんね、と言うので、ふたりでふうとため息をついて笑う。

　ねえでもさ、この状況がずっと続くと思うと怖くない？　そうして外に出られないまま歳を取っちゃうの、と問うと、彼は、そうですねえと首をひねって天井あたりを見つめながら、ぼくはでも、こうしてときどきあなたと話せるから悪くないかなと思いますよ。対面より気負わずに話せるような気もするし、と言った。わたしは内心、え、そうなんだ、と思いながらもちょっとうれしくなって、わたしもそう思う、と返す。じゃあよかった。またそのうちに、と言う彼に、こちらも軽く手を振って通話を切った。

　冷めたコーヒーを飲み干して、なんだこの人、ほんといいやつじゃん、とひとり頷く。わたしはイスから立ち上がって伸びをしながら、でもこの状況が長く続くなら、わたしはそろそろ何かを決めたり、次に進んだりしたいんだよなあ、とつぶやいて、とりあえず次はちゃんと自分の思っていることを話そう、と決めた。

ぬるま湯から息つぎ.

——

二〇二〇年の春ごろから始まった新型コロナウイルスの感染拡大は、一年あまりが経ったいまも収束の兆しが見えていない。こう言い切っても間違いではなさそうだという事実が、まだしばらくは普通ではない状態が続くことを表していて、これはけっこう気が滅入るな……と感じている。

とはいえ、災禍も長期にわたると、そのなかで人の気持ちも行動も関係性もずいぶん変化するものだなと思う。ちょうど一年前の一度目の緊急事態宣言の頃は、まさに非日常の強い緊張感があったけれど、いまでは制限のかかる生活にもどこかで慣れて、災禍の中でもそれなりの日常を送れている気がする。もちろんいまだって感染拡大の渦中で、その影響が社会全般から個々人の生活まで、ともかくいたるところに及んでいるのに、そのことを特別意識しなくとも日々を過ごせてしまう。外出時のマスク着用も、建物の入り口での消毒と検温も、オンラインのやりとりも、毎日の感染者数と死者数の確認も、日常のことになった。たとえば職種や住環境によって、あるいは重症化リスクが高いなど、さまざまな要因で会えない人も多くてさみしいけど、もうお互いどこかで諦めている気がする。見知ったお店が閉店したら、ああここもかとショックを受け、感染者数が増えてイベントの計画が泡と消えれば、ああまたかとため息をつき、粛々とその処理をする。

この奇妙な日常がギリギリで保たれた理由のひとつは、多くの人が日々の生活の中で細心の注意を払いながら、〝多くを語らない〟ことを選んできたからのような気がしている。みんな辛いのだから、それぞれの考え方があるのだから、置かれている環境が違うのだから……と、何かしらの他者への配慮や状況判断によって、自分の気持ちをひとまず隠したり、発言を控えたりした経験が誰にでもあるのではないか。この一年あまり、未知の災禍を生き抜くために、〝多くを語らない〟という語りの技術が急速に広まった。それに助けられた一方で、日々の生活を包むもやもやとした息苦しさが慢性化してはいないか。隣り合う人と語らうことを諦めてしまえば、息が詰まる。そして、想いを言葉にしないでいると、思考が鈍ってくる。時間を重ねるごとに、〝多くを語らない〟ことの副作用が強まっていく。

ちょうど一年ほど前、わたしは「#コロなか天使日記」というハッシュタグをつけて、日々の気づきや起きた出来事を言葉でつづり、鉛筆で描いたまぬけな天使の絵を添えてSNSに投稿していた。もともと被災地域で聞いた話をツイッターでつぶやき、記録と共有の場として使っていたこともあり、感染拡大でめまぐるしく変化する日々のことも、同じように書き留めたいと思いついたのだ。誰にとっても未知の災禍の渦中で、タイムラインの空気も当然のごとくピリピリしており、生のままで言葉を書くのは難しいと感じていたため、ちいさな部屋の中から日々誰かのことを思い、祈っている設定の架空のキャラクターを作り、その子の台詞として言葉をつづり、日々の記録とすることにした。

最近、展覧会*の準備があってその日記を読み直してみると、一年経っても状況があまり好転していないからか、当時よりも言葉が鋭く刺さってくる感じがした。日記は、欧米を中心に感染者が急増し、世界中が事の大きさに気づいた頃（二〇二〇年四月）から始まり、その後日本での一度目の緊急事態宣言下で多くの人が家に籠っていた時期と、それが解かれて徐々に日常生活が再開していくまで（二〇二〇年八月）の毎日が描かれている。当時からコロナ禍は長期にわたるだろうと言われていたけれど、あの巣篭もりからの解放は、このまま〝ふつう〟の生活が戻ってくるのではという期待感を伴っていた。しかし、そうはいかなかった。あれからずいぶん時が経ち、強い緊張感は慢性的な息苦しさに変わり、ふとふりかえれば、あの頃出会ったはずの問いや課題は積み残しになったままだったりもする。

ここで、一度目の緊急事態宣言が明けた頃（わたしが暮らす宮城県は五月一四日に解除）に書いた「コロナなか天使日記」をひとつ引用する。

世界中が急速に、もとに戻ろうとしている
戻れるはずのない場所を無理に求めれば
大きな歪みが生まれてしまう
何かに焦るわたしたちは
歪みに落ちてしまいそうな人を無視するのだろう
もとに戻ろうとしない人を面倒だと感じるだろう

三ヶ月前を思い出してみて
そこは、そうまでして戻りたい場所だった?
まだひとりの弔いもできていないよ

#コロなか天使日記　二〇二〇年五月二二日

ずいぶんシリアスなトーンで書かれていて驚くのだけど、すこし補足すると、当時、緊急事態宣言が明け、駅ビルや飲食店も再開し、急激にふつうの暮らしが戻ってきたという感触があった。一方で、再開した日常を楽しむことが、同じようにはいかないコロナの罹患者や医療従事者、経済難で仕事を失った人たちなどを置き去りにすることに繋がるのではとも感じていた。最後に弔いについて触れているのは、この日記を書き始めたきっかけが、コロナで亡くな

る人たちが家族にも看取られず、そのまま荼毘に付されてしまうという状況を伝えるニュースだったから。感染リスクがあるからと言って、誰かの人生がこんな形で締めくくられていいのだろうかと疑問を持つのだけど、人手や物資が足りないなかで、近親者が寄り添って看取りたいと願うことすら、一種のわがままと捉えられかねない空気があった。それで、ならばこの状況で人間的であるとはどういうことかという問いだけは抱えていたい、と思っていたのだ。

さて、一年経ってこれを読み返したわたしは、最近はもうこのような解像度の高さで世界を見ようともしていない、むしろこういった問いについて考えることを避けているかもしれない、と気がつく。この頃書き留めておきたかったこと、問いたかったことの多くはいまだ解決されておらず、むしろ目の前で数字が積み重なっていくのに、日々の暮らしにかまけて何もしようとしない自分がいる。その後ろめたさを覆い隠すのに、〝多くを語らない〟ことは都合がいい。とても情けないことだけど、この一年で、そのちょっと奥には何かの本質に触れるような問いがあるはずなのに、いまはそんなことを気にする余裕がない、何かを言ってもしょうがないから、と受け流してしまう癖がついたと思う。

先日、コロナ禍に入る一〇ヶ月ほど前の二〇一九年春から継続してワークショップに参加してもらっている三人に会い、二〇二〇年はどんな年だったかと尋ねてみた。ひとり暮らしの社会人のAさんは、そうですねえと首をひねったあと、ぬるま湯のような日々でしたね、と答えた。仕事のクオリティが下がっても咎められることはなく、現状を維持していれば褒められる一年だった。家から出ずとも楽しめる趣味を増やし、自分をあやすのが上手くなったと笑った。

実家暮らしでかなり外出を制限しているという大学生のBさんは、信頼がベースにない人と関わるのが怖くなってしまったと言う。知人が参加した飲み会で集団感染が起き、自分が想像するよりも間違った行動をする人がたくさん存在することにショックを受けた。彼らもしんどいのかもしれないけれど、その言い分を聞いてさらに幻滅するのも嫌だった、と話した。そして彼女は、二〇二〇年は存在しなかった、とも言った。一度きりしかない大学三年生の一年間をこんなふうに過ごさなければならなかったのは悲しいです、と。

劇場で働くCさんもそれに頷いて、なかったというのはよくわかる、と言った。近しい友人以外には話せないことばかりになり、外にいる間も衛生面の気遣いが必要だし、日常生活を送るのにとても疲れるようになった。考えたいことがあっても帰宅すると気絶するように眠って、次の日には忘れてしまう。

半年ぶりに再会した彼らは、いつも以上に、話したい、もっと聞きたい、という気持ちがとても強かった。〝コロナ禍〟の最初の一年をふりかえるちいさな会話は、ああでも、わたしは全然人の話を聞いてこなかったんだと思います、というBさんの言葉で締めくくられた。自分の気持ちがなかなか話せないなって思ってたけど、一方で、他者の話を聞く前に拒否してしまっていて、その人たちが話せる機会をつくってこなかったというか。この状況はまだ続くみたいだし、そろそろ人の話にも耳を傾けないと、自分自身も相手もしんどくなりますよね。

わたしは三人の会話を聞きながら、まず誰かひとりが話し始めることで、それにつられるようにして、また別の誰かの話が引き出されていくのだ、ということを思い出していた。被災後のまちでも似たことがあった。混乱した状況のなかでも、他者と言葉でやり取りを重ねていくうちに頭が回り出し、かつて気になっていたことや、問いたかったことを思い出していく。思考の道すじが戻ってくると、新たな気づきが得られることもある。

そろそろ〝多くを語らない〟から、〝語るべきことを選んで語ってみる〟に移行してもいいのかもしれない。

（二〇二一年五月）

＊金沢21世紀美術館で二〇二一年に開催された「日常のあわい」展のこと。瀬尾は、小森はるか＋瀬尾夏美名義で「みえる世界がちいさくなった」という、コロナ禍で生きる人びとの声を集めて構成した作品の展示を行なっている。

第5章

名のない花を呼ぶ

旅人は初めてこのまちへやってきた
彼はどうしても、ここで起きたという悲劇を悼みたかったのである
それで内陸から峠を越えてやっとたどりついたのだが
眼下にあるのは広い広い草はらだった
右手に持った地図を開くと
半年前の新聞の切り抜きが挟んである
〝一夜で街消失　死者数千〟
ここがまさに、かつて太いゴシック体でそう書かれた場所なのだけれど
いまは鳥が鳴き、そよそよと風が吹き、草が揺れ
そのあいまに白い花がぽつぽつと咲く

ただおだやかな風景があるだけ

旅人はゆるやかな丘を下りていく
初夏の日を浴びて光る草はらに目を凝らせば
その根元にはひび割れたアスファルトの道すじが残っている
旅人は地図をたしかめながらそろそろと歩く
すこし前までここにあったはずのものたちを、踏んづけてしまわないように
だっていままさに自分が立っているこの場所に
誰かの暮らしや言葉や命が根付いていたのかもしれないのだから

草はらのあちこちには花束が手向けられていて
旅人はそれを見つけるたびにドキリとした
そして、ここで死んだ人と、ここへ通う人のことを想像し
さて自分がここで立ち止まってよいものかと迷うのだ
流れ込んでくる悲しみにただ反応するようにして
本当は手を合わせたいと思っているのだけれど
ふとよそからやってきた自分が

死者と生者のその親密な関係に入り込んでよいとは思えなかった
だから旅人は歩く速度を変えることはなかったが
手向けの花の横を通るそのときにはきゅっと目をつむって
ほんのちいさく頭を下げた

それにしても今日はよい天気である
すみずみまでムラのない青に
山の稜線がはっきりと浮かび上がっていて
それを目で追っていると、ついこころが弾む
そこへ、おうい、という声が聞こえてくる
旅人が思わず身構えてあたりを見渡すと
西の丘のふもとで
青いキャップをかぶった中年の男が手を振っていた
男の足元には色とりどりの花が咲いている
一目見ればそれが自然に咲いたのではなくて
人の手で作りあげられた広い花壇だということがわかる

旅人は男に向かって手を振って
きれいですねえ、とすこし声を張って答えた
すると男は花壇の一画を指さしながら
ここになんて書いてあるかわかるか、と問うてくる
植えられた花が大きな文字になっているらしいけれど
旅人はその文字を読むことができなくて
首をひねったまま泣きそうな顔になる
それで男は軽くため息をつきながら手招きした
旅人がすこし迷いつつも小走りで近づいてみると
男が人懐こい顔で笑っているのがわかってホッとした
男は旅人に短い言葉を耳打ちする
それはこのまち、とくにここら一帯の土地の名前なのだという
ここで亡くなった者たちを弔うために
生き残った有志たちで集まり
こうして広い広い花壇をつくったのだという

なあきれいだろう、おれたちはここを見捨てちゃいないぞ

男がそう言って歩き出すので、旅人は黙ってそのあとをついてゆく
ここがタケちゃん家、となりがサトウ写真館
クマガイたばこ店、ここは昔サイダーの工場だったな
男は花壇の中をずんずんと分け入って進み
あちこち指さしながらそこにあったものたちの名前をつぶやく
まるで点呼を取っているみたいだ、と旅人は思った
いまは目に見えないけれど確かにここにあるものたちの、その輪郭を
男の声がひとつひとつなぞってゆくようだ
しかし旅人は相変わらず自分の足元が気になって
男のあとをついて歩くだけで必死であった
彼らが大切に育てた花々を
その根が抱きしめているものたちを
どうしたって踏みつけたくはなかったのだ

男が立ち止まったので旅人は顔を上げる
ここがおれの家だと示されたその場所には、ちいさな祭壇がある
母さんはむらさきが好きだったからこの花を選んだのさ

背の低いその花が揺れるのを見て、旅人ははっと息を呑む
悪くないだろ？
そう笑って、男はその場にしゃがみこむ
そして、ぼんやりと立ち尽くしている旅人の膝にぽんと触れ
自分のとなりを示して、ほら、とつぶやく
旅人もしゃがみ、男がするのと同じように手を合わせた
旅人はまだ、誰へ、何を、どう祈ってよいのかわからなかったけれど
目をつむっていると男のゆっくりとした息遣いが聞こえてきて
自分はただここでこうしていればよいのだと思えた

それからふたりはゆっくりと町跡を歩いた
男は道端に手向けられた花束や供えられた品々をひとつひとつ見つめて
そこにいた人たちの名前をつぶやく
旅人はその名前をひとつひとつ復唱し
手持ちの地図に細かな文字で書き入れていった

ふたりがまちをぐるりと回って花壇に戻ってきたのは

ちょうど夕暮れになる頃だった
教えてもらった名前はきっと忘れません、と旅人が言って
右手に持った地図をその胸に引き寄せると
忘れちゃってもいいんだからな、と男は笑い
死んでしまったことにさえ気づかれない人も
花を手向けてもらえない人も
おれの知らない人も、まだまだいるんだからな
と言った
旅人は、ああ、とため息をついて
本当にありがとうございました、と頭を下げた
男はにこにこと笑いながら、また来いよ、と言って
旅人が見えなくなるまで手を振っていた
旅人は今晩の宿へとつづく暗い峠を歩きながら
男の名前を聞かなかったことに気づくのだった

旅人がふたたびここを訪れたのは
それから何十年も後のこと

あの草はらはすっかり住宅街になって
身ぎれいな人びとが行き交っている
旅人はその事実にホッとしながらも
なんだか置いてきぼりのような気分になった
道路もあの頃とは変わっているみたいだし、もう手向けの花も花壇もない
あの男の名前さえもわからないのだ
わたしが知っているのは、死んだ人たちの名前だけ
旅人はふうと息を吐き
かろうじて覚えのある山並みから
花壇があった辺りを割り出して向かう

あの男が立っていた西の丘のふもとは、ちいさな公園になっていた
旅人は年季の入ったベンチに腰かけて古びた地図を開き
近頃見えにくくなった目を細めて、名前をひとつひとつ読みあげていく
おうい、何してるの
声に気づいて顔を上げると
不思議そうに見つめる子どもらに囲まれている

このまちの昔の地図だよ
読み上げているのは、ここにいた人たちの名前だ
旅人がそう答える
子どもらは、へえ、歌かと思ったよ
なんだかなつかしい感じがする、とはしゃいでいる
旅人は、君たちが生まれるずっと前のことなのに？　と苦笑したあと
何かを思いついたような顔になる
ねえ、ひとつだけお話を聞いてくれる？
旅人の問いかけに
子どもらは高い声を上げながら大きくうなずく

むかしむかし　あるところに　ちいさなまちがありました
けれど、ある夜、そのまちは消えてしまったのです……

旅人の話をじっと聞いていた子どもらは、ぱっと目を開いて
あれ、その話
ね、ぼく知っているよ

つづきはこうでしょう！
と口々に言って跳ねまわる
そして、おどろき顔の旅人に耳打ちする
そのお話の題名はね……

旅人が聞いたのは
あの男が耳打ちした、この土地の名前
なつかしい名前

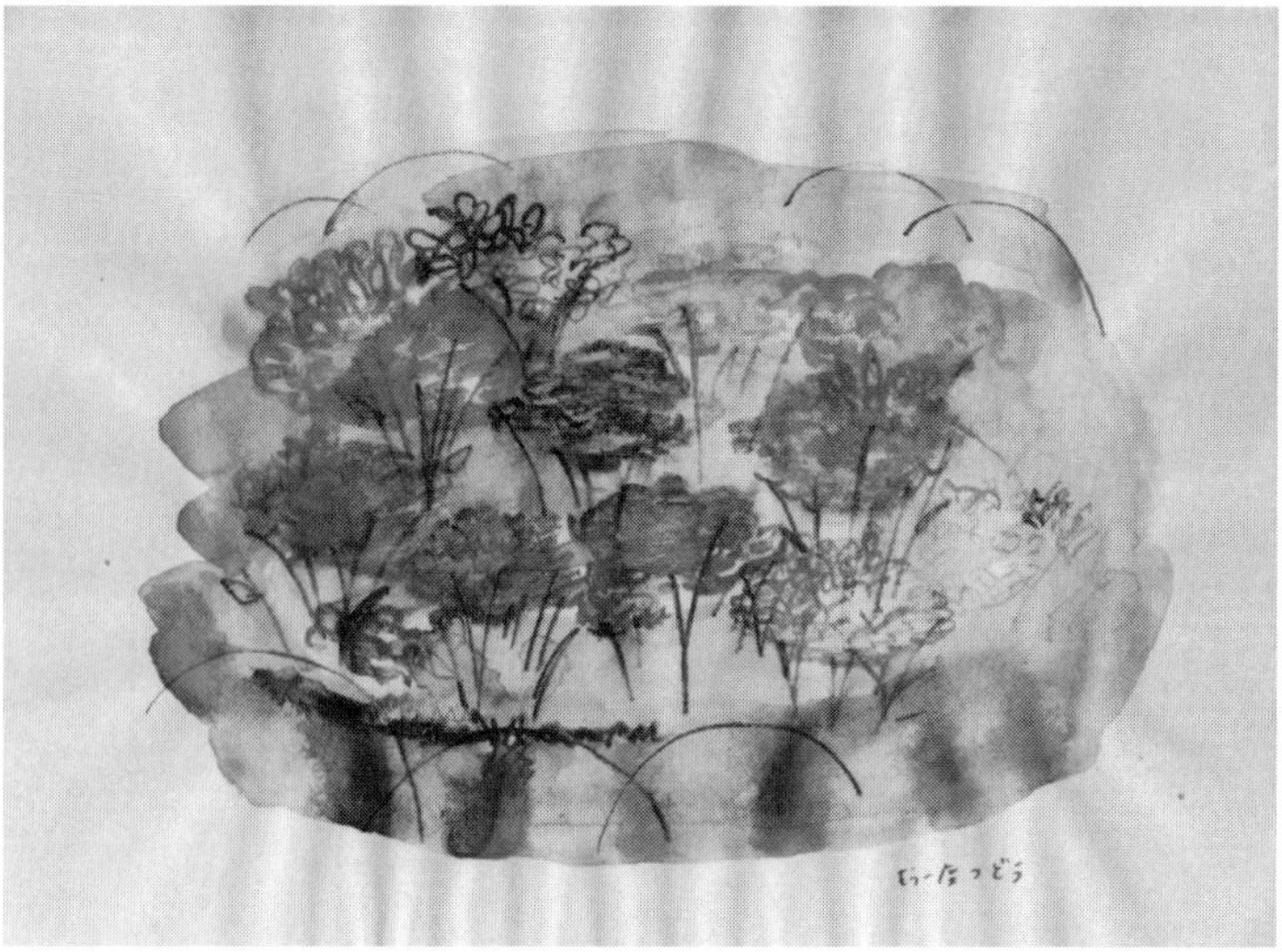

――

このところ、コロナ禍で亡くなった人びとを弔うことについて考えていて、それに関わるような物語を書きたいと試してみたものの、どうしてもうまくいかなかった。それで、東日本大震災後の陸前高田で、まちの人びとがつくっていた〝弔いの場〟についてあらためて記述しながら、今回のような流行病と自然災害とでは、弔いの場のあり方がどのように違ってくるのか、あるいはどこが同じなのかを考えてみようと思った。書きながら感じたことはあとで記してみるとして、まずは、なぜ弔いが気になっていたのか、その経緯をメモしていく。

新型コロナウイルスの感染拡大が始まって、一年以上が経つ。もしまた、去年と同じように不安なままの一年が繰り返されるとしたら、もうしんどいかもしれない、と感じている。すくなくともわたしが去年の春に思っていたよりも、いまの状況はよくない。ワクチンの接種はすこしずつ進んでいるようだけれど、感染力の強い変異種が広まっているみたいだし、医療崩壊のような状況もあちこちで起き、経済的に窮地に立たされる人も増えつづけていて、心身を病む人も多くいる。何より毎日のように死者数が積み上がっていくのは、悲しく、切なく、とても怖い。そのはずなのに、タイムラインに流れてくるその数字を、見るでもなく流してしまう自分がいる。コロナ禍二年目をこんなふうに進んでいいのだろうか。ともすれば、去年より苦しい状況が訪れるのだろうけれど、果たしてちゃんと生き抜けるのだろうか。とくに、混迷のまま突き進んでゆくらしい巨大な祭典、東京オリンピックのあとにも、誰もが日常を送れるくらいの平穏が残っているのだろうか、と心配になる。考えれば考えるほど苦しくなりそうだからと言って、さらに感度を下げて、心身ともに殻に閉じこもったまま粛々と暮らしていくしかないのだろうか。

そんなことをもやもやと感じているときに、写真家、ジャーナリストとして活動している小原一真さんの「Fill in the blanks」というプロジェクトを知った。これは、新型コロナウイルス感染症療養施設で働く看護師一人ひとりに対峙して行なった聞き取りと、看護師本人が思い返したいと考えたある特定の看護場面の詳細な記録を記した「プロセスレコード」を組み合わせながら、彼女らの言葉を記録していく取り組みだ。小原さんは、二〇二〇年五月からこのプロジェクトを始めたそうだが、各所への確認と調整を経て、冊子やYouTube上での朗読という形で、最近になって公開がはじまっている。

小原さんが自身の動画内で朗読したのは、新型コロナに感染し、闘病のすえに亡くなった方を看取った看護師さんたちの言葉だった。どのような状況でも、目の前の相手に人間同士として向き合う看護師さんたちの言葉に、何度もこころを揺さぶられたという小原さんが、朗読の後に訥々と語ったことが印象深い。

現在、死を伝える情報としてあるのは、連日繰り返される数値の速報値と、あるいは困難な状況の説明に終始していて、実際にその数値や状況説明の先にある〝人〟の存在に触れられる機会がごく稀であること。まだ日本ではほとんど行われていないが、海外の様々な国においては、コロナ禍で亡くなられた方々の追悼式典が行われているということ。それは、政府の式典だけでなく、個人や民間の団体によって開かれるものもあり、ロックダウンが始まった日や初めての死者が出た日付から一年など、それぞれに日付を設定して開かれているのだという。「日本ではもう一万人を超える数の人が亡くなっているのに、僕らはいつ、その死を社会として共有して、追悼するっていうことができるんだろうか」という小原さんの問いかけが、ああそうだ、これを考えなきゃいけなかったんだと、すとんと胸に落ちた。

死者を悼むということ。大切な人を失った人たちの悲しみに寄り添うということ。とくに、社会的に大きなインパクトを持つ災禍が起きた時、生きている人たちは、それをおざなりにしてはならないのだと思う。震災以降、あくまで日常的な感覚として、わたしはそう実感するようになった。理不尽な死、しかもそれに大勢が見舞われるという恐怖を目の当たりにした時、多くの人は、自分はたまたま生き残っただけ、という感覚を持つのではないだろうか。死ぬのはわたしだったかもしれないという強烈なイメージは、自然災害でも流行病でも共通する。遠い土地で地震が起きたとき、もしこれが自分の足元だったらと考える。流行病で苦しむ人を見たとき、もしかしたら彼はわたしだったかもしれない、と自分の行動を省みる。理不尽な死を目撃してしまったとき、生き残った人たちは同時に、自分自身や近親者の死を想像している。

もちろん死んだ人と生き残った人の間には明確な境界があり、死者の痛みを理解することは不可能だけれど、もしかしたら互いの立場は入れ替わっていたかもしれないと想像できるからこそ、わたしたちはとても自然に、死者の痛みに寄り添いたいと願うのかもしれない。こう書くと、生き残った者たちはずいぶん傲慢なようだけれど、自分の身体を通してしか、他者の感情や経験を想像することはできないのだから、それは仕方がないことだとも思う。むしろ、そうやって強制的にでも感覚が開かれてしまった人びとの気持ちが、より具体的な他者への寄り添いにつながっていくことに希望を持ちたい。

津波に洗われた陸前高田でおばちゃんたちは〝弔いの花畑〟をつくった。彼女たちは、隣り合って作業をする元近隣住民や、ボランティアに訪れる人びととの交流を楽しみながら、土に触れ、地底深くに根を広げる草花を通して、喪った大切な人たちへと想いを寄せていたのだと思う。

花畑を始めた頃の彼女たちは、自分が〝生き残った〟偶然に申し訳なさを感じるとしきりに話した。まるで、亡くなった人たちと生きている自分の間に、境界線を引きかねているような感じで、その線の上をふらふらと歩いているみたいだった。けれど、復興工事が本格化するまでのおよそ二年半、花畑の作業を続けるなかで、彼女たちはゆっくりと自分たちの未来を描いていった。それは、亡くなった人たちの存在を内包しながら、これからを生きていくための具体的なイメージと、そのための方法を編み出していく時間であったのだと思う。復興のための嵩上げ工事によって花畑は土に埋まったけれど、その花々は工事の前に分有されて、彼女たちがいま暮らしている自宅や集落へ、あるいは花畑に関わったボランティアや団体が日本の各地へ持っていき、いまも大切に育てられている。毎年季節になると花はうつくしく咲き、見る者を癒す。そして、この花はあの土地で育てられたのだ、という物語が、死者と生者を、そして〝生き残った〟人たち同士を繋ぎつづけてくれている。

　わたし自身も花畑から花を分けてもらい、実家の花壇に植え替えたのだけれど、うちの家族も咲いた花を気に

二〇一四年五月、岩手県陸前高田市高田町森の前

留めた時には、陸前高田や震災のことを想うのが習慣になっているようだ。東日本大震災という出来事を遠いと感じている彼らにとって、日常の中でそんな時間が持てることは、悪いことではなさそうに見える。遠く離れた場所で起きた災禍だけれど、できることなら、その被災者たちの痛みに寄り添いたい。そんなふうに願う人は多いのではないだろうか。だから、そのための方法を具体的に得て、間接的にでも、弔う人たちと連帯できたという実感は、被災地から遠く離れている人びとをすこしホッとさせる。彼らは、死者たちの顔や名前は知らない。けれど、そのままの状態でも、こうして寄り添うことができる。

そしてわたしは、陸前高田のおばちゃんたちに、実家に咲いた花の写真を見せに行く。あらあ、立派に咲いたった。いがったねえ。そんな会話をする時間がまた愛おしい。

なぜ災禍に遭った人びとを弔うのか。その答えは簡単に導けるものではないけれど、〝生き残った〟人たちは、弔いに向き合う過程で自分が生きているということを実感し、死者たちとの付き合い方を見つけていく。そして、生き残った人同士のつながりを再認識、再構築していく。それは、未知の災禍を目撃してしまった、そのショックを受けてしまった人間たちが通らなくてはならないことであり、われわれの社会が回復していくプロセスにとっても切実に必要なもののように思える。

コロナ禍で亡くなった人たちを弔いたい、と思う。すでに世界中で約三七〇万人、日本では約一万三五〇〇人（二〇二一年六月三日現在）が亡くなっているという。死者たち自身の痛みと合わせて、その近親者や関係者たちの悲しみや孤独も忘れずに想像したい。わたしは、わたしたちはこんな世界で、たまたま〝生き残っている〟のだから。個人的に手を合わせればよいと言われればその通りなのだけれど、それと同時にやはり社会として、共同体として、なにかしらの行動を起こせたほうがよいと思う。そして、この災禍を忘れずにいることで、同じ痛みを繰り返さないようにしたい。

さて、ここでたとえば慰霊祭を行なうには、慰霊の場を開くのにはどうしたらよいのかと考えてみる。陸前高田で起きたような自然災害においては、災害が起きた〝その日〟と場所が具体的に存在するけれど、コロナ禍においては当てはまらない。そのため、たとえば慰霊祭を執り行なう日にちや、花を手向けたり石碑を置いたりする場所を誰かが決めなくてはならない。もちろん関係者も多いから話し合いをするべきで、その席にどんな立場の人たちが着き、どうやって決めるのかも考える必要がある。

死者を弔うことの重さとはミスマッチに思えるほど、具体的で細かなプロセスが現れてくるけれど、意外にも、それらをクリアしていくことがとても難しい。コロナ禍という災禍は、自然災害のように日常がはっきりと中断されてしまうものではなく、さまざまな負荷や制限のなかでも、日常を続けなければならない。とはいえ、忙しいから、まだ渦中だから、とりあえず保留しておいてあとでやろう、なんて感覚でいつづけると、弔いたいという感覚すら鈍ってしまう。わたし自身もこの一年間、自分の感情や欲求をいなしながら日々を過ごすことで精一杯になっていて、大切なことを忘れていたように思う。

しかし、よその国々では慰霊祭が開かれている。この違いには、宗教的な習慣や政治体制の違いも関わっているのだろうけれど、日本でも、あるいは自分の暮らすまちでも、何かできないだろうか。ここ最近、友人たちと集まってそんなことを話しはじめた。いつまでこの状況が続くのかわからなくて気が滅入るけれど、今年は〝コロナ禍二年生〟として、ちょっとしたことでもいいから実践をはじめて、自分たちの手でこの先をつくっていきたい。そんな手触りが欲しいと思う。

（二〇二一年六月）

第6章
送りの岸にて

彼は余命いくばくもない。それまでの彼にどの程度の自覚があったかはわからないけれど、しばらく高熱が続いた年の瀬の冷え込む夜に、自分が営む設計事務所の入り口で倒れてしまい、ああこれはもうダメかもしれないと悟ったという。ちょうどその二年前に妻を亡くした彼は、冗談混じりではあったけれど早く死にたいといつも周囲に漏らしていたし、この一年くらいは自宅前の短い坂を上がるだけで息を切らすようにもなっていた。何より、いままさに力を入れようにもそれ以上どうにも動けないのだから、彼はもう諦めるしかないと決め込んだ。しかし、それからどれくらい彼が床にうつぶせのままでいたのかはわからないけれど、ふと全身の痛みが和らいだ瞬間に、自分の胸ポケットにあった携帯の角が左胸に刺さるようで痛いのに気がつき、それを退かそうと取り出した。そして、ついでだと思って、着信履歴の一番上にあったこの事務所の経理担当の番号に電話をかけたのだ。

息絶え絶えの所長の声を聞いたSさんは、三〇キロほど離れた山間のまちにある自宅から、いつもより急いで車を走らせる。事務所の引き戸の鍵がうまく開かず泣きそうになったが、何度目かでガチャリと鍵がはまる音がして扉が開くと、応接間のテレビをつけてソファに腰掛けている所長を見つけた。Sさんは思っていたよりも状況がまずくなさそうなことに拍子抜けし、大丈夫ですか、わたし、慌てすぎて下はパジャマのまま来ちゃいましたよ、と笑った。所長は背中を丸めたまま、おう、とちいさく手を上げる。Sさんが靴を脱ぎながら、病院に行きますか、と問うと、所長はまた、おう、とだけ答えた。ふだんは病院嫌いで仕方がない所長が、か細い声で素直に応じるので、Sさんは、これはやはりおおごとかもしれないと察したのだという。

担ぎ込まれた病院で、彼は余命一年と告げられた。しかもそれはかなりよい方の見立てであるという。息子たちは遠方に暮らしているし、同居している母親は年老いており、近くに身寄りのない彼は医者の宣告をひとり聞くほかなかった。彼は痛み止めと解熱剤が効いてぼんやりする頭でメールを打って、このことを先ほどの事務員Sさんを含む三人の従業員と、ふたりの息子たちに知らせる。息子たちの返信は、わかりました、というだけのあっさりとしたもので彼は一瞬ムッとしたが、その後従業員たちからそれぞれ返ってきた、一緒に闘いましょう、という趣旨の言葉の方が彼を悲しませた。正確に言うと一通目を受け取ったときにはありがたいと思ったのだけど、それが二通も三通も同じだと、おや、と思うものだ。おれとあいつらでは置かれた状況がまったく違う。なのにこんなことが言えてしまうなんて、あいつら他人の悲劇を前にして舞い上がっているんじゃないか。そもそも一緒になんて無理だろう。だってこれはおれの身体の問題でしかないのだから。ふつふつと湧く怒りもあいまって、体温が再び上がり関節の痛みが激しくなると、とたんに弱気になってくる。このしんどさは身近な人にだってわからないし、わかってほしくもない。というよりもこの悲劇に巻き込みたくはない。とくに下の息子はまだ大学を出てもいないのに、母親だけでなくおれまでいなくなるなんて気の毒すぎやしないか。そんなことが頭をよぎると、彼は涙が止まらなくなってしまい、いつの間にか気絶するように眠ってしまった。

彼はその晩夢を見た。高校までの同級生で、二十歳《はたち》で死んでしまった山田くんが、彼の入院している病院のエントランスに座っている。おい、久しぶりだな、と声をかけると、山田くんは顔を上げて、おう、お前はうまくやっているか、と言って目を細める。彼が、まあまあだな、と答えると、山田くんは、おれもだ、と軽く頷いて消えてしまった。翌朝彼が目を覚ますと、東京から仕事を休んで見舞いに来た長男が、父さん、きのうベッドを抜け出して歩き回っていたらしいよ、と呆れ顔で言うので、彼は、見つかんないやつを探してたんだ、と答えた。

当時二十歳になったばかりだった山田くんは、仲間たちとしこたま酒を飲んだ帰り道、自宅が同じ方向のふたりと歩いていたという。大きな鉄橋を渡りきったところで山田くんは右、ふたりは左に曲がるのでそこで別れることになるのだが、その鉄橋を渡りきるあたりで山田くんは突然、度胸試しをする、と言い出したという。そして、ふたりがあっけにとられているうちに欄干から飛び降り、暗い川に吸い込まれ、以来行方が分からない。その時その場にいた友人から知らせを聞いた彼は、なんでそんな突拍子のないことを、と思いながらも、はやく帰ってきてほしいよな、とつぶやいたのだった。

彼は山田くんと特別親しいわけではなかったから、この三〇年余りその存在を意識することもなかったのだけど、昨晩の夢で、まあまあ達者にやっている、というような言葉を聞けたのは嬉しかったし、機会があればその友人にも伝えてやりたいと思った。それにしても、たとえ夢とはいえ山田くんに会えてしまうくらい自分にも死が近づいているのだな、と彼は察した。それで、ベッドの横でうつむいて携帯をいじっている長男に、おい、と声をかける。すまんな、おれあと一年しか生きられないぞ、と彼が言うと、長男は、おう、とだけ答えるのだった。

ちいさなまちなので噂はすぐに広まる。だから彼の病室には見舞いの列が出来るほどだった。かつて彼はまちの取りまとめ役で、町内会でも商工会でも何かしらの役員を引き受けていて、もちろん子どもたちが小学生の頃にはＰＴＡの会長をやったこともあったので、とにかく顔が広かった。それが妻を亡くして以来すっかり塞ぎ込んで、あらゆる役を突然辞めてしまったものだから、まちの人びとは彼のことを心配しつつ困惑して、困ったやつだと見切ったりあらぬ噂を立てたりしたために、この二年で仕事関係以外の人とはすっかり疎遠になっていた。それでもいざ彼が死ぬかもしれないとなれば、たくさんの人がやって来た。痩せて病室のベッドに横たわっている彼を見て泣く者もあれば、一緒に闘いましょうという例の言葉を口にしながら手を握る者もいて、まあでも久しぶりに会って直接声をかけてもらうとこれも悪いものではないな、と彼は思った。おれはまだたしかに生きていて、彼らと同じ世界にいるのだから。そうやって熱と痛みで朦朧としながらも忙しい日々が続いていたが、それもある種のブームのように終わりを告げた頃、彼の体調は良くないながらも落ち着くようになっていた。

そんなある日の訪問者は彼にとって意外な人だった。数十年ぶりに会う彼女は大学時代の同級生で、彼と彼女はしばらくのあいだ特別な会話をし、彼は余命を告げられて以来初めて、まだ生きたい、と口にした。

彼は副作用の強い治療を受けることになり、彼女は週に一度隣町から病室を訪ねて彼を励ました。一ヶ月ほどの治療ののち彼は医者に呼び出され、もう一度余命を告げられる。ひとつふたつ改善された点はあるものの、それでも彼の寿命が延びるということはない。医者は、あとはどう生きたいかです、と静かに言った。彼は息子たちと彼女にメールをした。おれはもう自宅に帰りたいけど、それでいいと思うか。髪が抜けて痩せこけた顔、およそ自分とは思えない見知らぬ顔が暗くなった携帯の画面に映っている。次の瞬間、画面がぱっと明るくなると悲壮な顔が消える。彼女からの返信。一緒に闘いましょう。楽しむのもひとつの闘い方です。彼は子どものように泣いた。

彼は自宅に戻ってきた。日中はできるだけ事務所に顔を出し、従業員たちの働きぶりを見守り、ときに助言をした。一ヶ月後、長男が東京の仕事を辞めて戻ってきた。もちろん彼は何度も、本当にいいのかと尋ねたが、長男は、ちょうど転職しようと思ってただけ、と言い張った。

無職になった長男と、年老いた母親と、余命一〇ヶ月の彼の三人暮らしはとてもふつうだった。三人は基本的にはそれぞれの時間を別々の部屋や外出先で過ごしたが、朝と夜の食事の時間だけは居間に集まった。面白みのないバラエティ番組を見て適当に笑ったり、互いの生活態度に文句を言ったり、美味しいものをただ黙って食べたりした。

夏休みには次男が帰ってきたので、長男と彼と三人で隣県の温泉宿を訪れた。長男が大学生になる頃まで何度も家族旅行に来たその宿で、彼らはたくさん思い出話をした。その夜、風呂上がりで半裸のままの彼が薄暗い部屋でため息をついているので、長男が、どうした？　と声をかける。彼はチッと舌を打ち、背中が痒いのに薬が塗れない、と答えて右手を背中に回すけれどその手は空中を彷徨《さまよ》ったままだった。長男が、全然届いてねえよ、と笑いながらチューブを拾い上げ、背骨の浮き出た彼の背中に薬を塗っていく。情けないな、と彼がつぶやくと、長男は、そんなことはねえよ、と言い、彼の背中をパチンと叩いた。

それから長男は彼の身体の不自由をなんでも手伝うようになった。病が進み転びやすくなれば支え、目が見えにくくなれば手を引いた。薬の影響で彼が失禁してしまった時にも、おいおい、と文句を言って笑いながら、丁寧な手つきで彼の服を替えた。

去年の年の瀬に倒れてから丸一年が経ったけれど、彼は生きていた。冬休みに入った次男が帰ってきて四人で過ごす日々もまたふつうだった。もう彼は歩くこともままならないけれど、調子のいい日には友人を自宅に招いて一緒に食事をしたり、息子たちとドライブに行ったりすることもあった。彼女とのメールのやり取りだって続いていた。

一月の終わり、明け方目を覚ました彼の母親が、彼が息をしていないことに気がつく。訪問医が駆けつけ、彼が死んだことを告げる。長男が、結局ひとりで逝かせてしまった、とつぶやいたので、次男が涙をこぼした。彼の母親が次男の頭を撫で、医者は長男の背中をさすった。

通夜と葬式にはたくさんの人が訪れた。みな泣いた。そして、彼の思い出話をして笑った。葬式の終わり、彼とメールのやりとりを続けていた彼女が息子たちに声をかける。これを伝えてと言われたの、とほほえんで携帯の画面を差し出す。

ほんとうにいい一年だった。ありがとう。

―

友人が病に罹り、最期の一年、仕事を手伝っていたことがある。彼自身や彼の家族、近しい人たちの話を聞いている中で、看取りの時間を過ごすことが、逝く人にとっても送る人にとっても、とても大切なのだろうということを感じていた。

友人は博識で、コミュニティのまとめ役でもあった。だからみなに頼られるのだけど、すこし気難しいところがあり、関係がこじれてしまっている人がちらほらいるようだった。とくに入院する前の一時期は体調が芳しくないのもあって、コミュニケーションがうまくいかない場面が増えている印象で、そのことを本人も気にしていたと思う。徐々に痩せていく彼の姿から、その体調の変化に気づく人も多くいたから、病院に行ったほうがいいという助言は日常的にあったと思うけれど、ついに彼がそれに応じることはないまま、ひとりきりの夜に倒れてしまった。病院に運び込まれた時点で病はかなり進行していた。たぶん近しい人たちほど、やっぱり、と思っただろうし、彼自身もそうだったのではないか。

数日が経ってすこし状況が落ち着くと、彼を見舞う人たちがぽつぽつ訪れる。そのなかには、前述のように関係がこじれてしまっていたAさんたちもいた。彼は、熱と痛みで朦朧とする頭と、でもやけに冷静な気持ちでAさんたちと対面し、久々に語らったのだという。最初は気まずさに緊張していたが、言葉を交わすうちにみなで涙を流し、手を握り合ったのだという。

まるで生前葬してもらったみたいだよ。その夜、わたしが仕事の進捗報告に病室へ立ち寄ると、彼は力の抜けたすがすがしい顔で、そんな風に話した。彼がその時点で、自らの病や余命を受け入れていたかはわからないけれど、ともに泣いてくれる人たちとの再会の時間は、こんな状況になったからこそのご褒美のように、生き生きと語られた。

その後、彼は数ヶ月の入院治療を経て、自宅療養を選択した。そして、週に何度かは職場に顔を出し、家族や友人たちと語らう時間も持ちながら、住み慣れた家で最期まで過ごした。その間わたしは、ここに居るのがわたしでいいのかと思いつつも、彼にとって大切な人との再会の場に同席させてもらったり、かけがえのない会話についての報告を聞かせてもらったりした。仲間内でAさんの経営する居酒屋に行き、思い出話で盛り上がる夜もあった。数年ぶりに地域の祭りに顔を出した彼が、集合写真にばっちり収まるのを傍らで見ていた。息子が仕事を継ぐ覚悟を決めた、と弾んだ声で知らせてくれたこともあった。

しかし、どうしたってどの場面にも、別れの気配がある。このメンバーで集まるのは最後だろう。来年はないかもしれないから写真を撮ろう。いましかないから、話し合って決めよう。そんなことは誰も口にはしないけれど、みなそれぞれに切なさを感じていたと思う。とはいえ、彼と過ごすその時間はとりたてて特別なものではない。他愛もない話で笑ったり、時には口げんかになったりもする。日常とすこし違うのは、別れの気配があるからこそ、彼の周りにいる者たちの感度が高くなっていて、そのぶん一分一秒が濃密だったということ。弱りゆく彼の身体を中心にして立ち上がる場は、そこで過ごす時間は、すべて彼を看取る準備のためにあったし、立ち会う人たちにとっても特別なギフトのようだった。

ほんとうに学びの多い一年だった。おれはまだまだ成長できちゃうんだよな。亡くなる一ヶ月前の食事会で、彼はそんなことを言った。彼自身がどんな悔しさや辛さ、葛藤を抱えていたかは計り知れないけれど、最期の一年、彼は穏やかで、寛容で、よく笑っていたとわたしは思う。

誰かが病に罹り亡くなることは、どうしようもなく悲しい。そして、弱った身体を近くで見守るのだって苦しい。だけど、死にゆくその人の楽しそうな声が聞けたとか、近しい存在として何かしらの手伝いができたとか、そういう看取りの時間の記憶が、残される者たちのその後を支えてくれる。いまも、亡き友人の家族や近しい人たちと、あの一年にあったことを話して泣いたり笑ったりすることがある。Aさんの居酒屋に集まって、亡き友人の学生時代の思い出話を聞かせてもらったりもした。残された者同士、つながっている。亡き友人にはなんて声をかければいいのか迷ってしまうけれど、どうかゆっくりしていてくださいと願うとともに、とてもありがたいです、とわたしは思っている。

すこし話が変わるけれど、病で逝った友人の一年を思いながら、わたしは震災で亡くなった人たちの最期についても考えてしまう。震災死とは、突然の死である。それは本人にとってもその家族や近しい人たちにとってもそうだろう。たとえさっきまで元気で、身体も丈夫な状態だった人でも、突然の災禍に見舞われ、逝ってしまう。

予想もしなかった突然の喪失が生み出す強いショックを、一年かけて積み上げられていった彼の看取りの時間と比較するようにして想像する。もちろんどんな死だって悲しい。言うまでもなく、亡くなってしまったその本人たちの辛さは計り知れない。けれど、突然死は、その死のための準備ができない分、残された人がその後に負う喪失もまた大きいように思う。だからこそ、集って悼む必要があるのだろう。震災から一〇年が経ったいまもその悲しみに暮れている人たちのことを思いながら、同時に、世界中にある／あった無数の突然死の悲しみも想像する。

そしてわたしたちはいま、コロナ禍にある。新型コロナウイルス感染症を発症して亡くなるまでには、かなり短いとはいえ一定の時間があるケースも多く、災害や事故などによる突然死とはすこし異なる。感染防止の問題で面会がままならないこともあるけれど、すこしでも時間があるのなら、本人にとっても見送る人たちにとっても、看取りの時間は持てたほうがいいはずだ、とわたしは思う。突然の病で別れが近い。いまがまさに看取りの時間である。そんな過酷な事実を受け入れるのには、時間が少なすぎるだろうとも感じつつ。せめてほんのすこしでも、と祈る。

友人の最期の一年を思い出しながら、どうやら看取りの時間は本人と周りの人たちが一緒につくっていくもののようだ、と気がつく。そのためには、お互いかっこつけないほうがよさそうだ。死による別れには抗いようがない。もちろん、別れは悲しい。せめて、訪れつつある別れに精一杯向き合う。泣いたり笑ったり、ときに間違えたりもしながら、濃密な時間を積み上げておく。もしその人が無事に生還したら、それはそれで、また思い出として語り合えばいいのだから。

（二〇二一年七月）

第7章

斧の手太郎

むかしむかしあるところにおじいさんとおばあさんが住んでいました
その日もいつものように、おじいさんは山へ柴刈りに
おばあさんは川へ洗濯に行きました
おばあさんが汚れた着物をごしごしこすっていると
なんと上流から大きな桃が流れてきましたので
おばあさんはそれを拾って持ち帰りました

夕方、帰ってきたおじいさんが元気のないようすでした
おばあさんが、どうかしましたか、とたずねると
おじいさんは、一日働いたのにこれしかとれなかった、と言って

カゴの中身を見せました
たしかにほとんど柴が入っていません
わかい頃はもっととれたのになあ
これでは冬が越せるか心配だ、とおじいさんはため息をつきました
おばあさんは、きっとなんとかなりますよ、と励ましたあと
それよりおじいさん、今日は川で大きな桃を拾いました、と言いました
おじいさんは、その桃の大きさにおどろきながらも、すっかりお腹が空いていたので
どれ、割ってみようか、と言って包丁を取り出しました
すると、その桃がふるふると震えているのです
ふたりはおそろしくなって飛び上がりましたが、それでも中身が気になります
それで、おばあさんが桃の肌に耳を当ててみると
なかからドクドクと心臓の鼓動のような音が聞こえてきました
なかにはなにか生きものがいるかもしれません、とおばあさんが言うと
おじいさんは目をまん丸くして、おばあさんと同じように耳を当てました
たしかにドクドクと音がして、内側からじわじわと温かいような気がするのです
これは大変だ、何が出てくるかわからん！
おじいさんはこう叫んだあと

気味が悪いから捨てなさい！　と言いました
するとおばあさんは、そう言わないで、まずは中を見てみましょう
と言って、サクサクと器用に桃の表面を切っていきました
すると、中からぱっと光が漏れてきて
飛び出してきたのは、なんと男の赤ん坊でした
まあ、なんてかわいいんでしょう、とおばあさんはその子を抱きあげます
おじいさんは驚いてしりもちをつき
よく見てみなさい、その赤ん坊の手、おかしいじゃないか、と言いました
たしかに赤ん坊の左右の手がついているはずのところには
うすっぺらな金属の板のようなものが見えます
形とすればちょうど、斧のようです
おばあさんは、そのふたつのちいさな斧のようなものを
自分の手のひらで包んでやり、気をつけて触れば痛くないですよ、と言いました
おじいさんは、おばあさんがうれしそうに抱いている赤ん坊の顔をのぞいてみました
すると、その顔が、どこか自分に似ているような気がするのです
それでおじいさんは
その斧のようなものが痛くないのかを恐る恐るたしかめてから

うちで育ててみようか、と言いました
ふたりにとってはじめての子どもは、太郎と名付けられました

それからふたりは一生懸命はたらいて子育てをしましたので
太郎はぐんぐんと大きくなりました
そこで、困ったことが起こりはじめたのです
成長するにつれて太郎の両手の斧が固くなり
遊んでいるときに友だちを傷つけてしまうようになったのです
たとえば追いかけっこの鬼をしていて
友だちをつかまえようとしたときに、ザクリ
あるいは虫取りで大きなカブトムシをつかまえて
よろこんで肩を組もうとしたら、ザクリ
まわりのおとなが止めようとしても、そのおとなも怪我をしてしまうくらい
太郎は、まことにあぶない子どもでした
太郎の父親であるおじいさんは
大きな事故を起こす前になんとかしなければ

と思い、役所に相談することにしました
おじいさんが、うちの子は両手が斧になっていて、人にけがをさせてしまいます
親だけでは心配ですので、役所でどうにかできませんか、とたずねますと
役所の人は、それでは息子さんを連れてきてください、と言いました
それで、太郎と一緒に役所を訪ねますと
役所の人は、太郎のピカピカと光るふたつの斧をじっと見つめて
こんなものは役所ではどうにもできません
親のほうでなんとかしてください、と言いました
帰り道、おじいさんと太郎はとぼとぼと歩きました
そして、もうすぐ家に着くという頃、おじいさんがふりかえると
太郎がさめざめと泣いているのです
おじいさんは思わずかけよって、太郎の肩を抱きました
斧が当たって腕から血が出ましたが、そんなことは気になりませんでした

それからしばらく経ったある日のこと
ついに太郎は友だちにたいへんな怪我を負わせてしまったのです
おじいさんは大きな声で太郎を叱りました

おばあさんは何があったのかを問いました
太郎はしばらくだまっていましたが、とつぜん立ち上がって
おふたりにはわからないことです、と顔を真っ赤にして叫び
ドシドシと足音を立てて出ていってしまいました
なんと大きなからだ、なんと恐ろしい顔、なんとかたそうな斧
そのときおじいさんは、はじめて太郎を怖いと思いました
そして、もしあの大きなからだで斧をふるってきたら
もう自分には止めることができないだろう
だれかに襲いかかったら大変だ、と考えました
おじいさんは三日三晩寝ずに悩んだすえ、太郎を川に流してしまおうと決めました
おばあさんは、おじいさんが悩んでいるのをよく知っていましたから
川から拾ったものだから川に返そう
とおじいさんに言われたとき、だまってうなずいたのでした

翌朝、太郎はひょいと帰ってきました
おじいさんが、きょうは晴れているし釣りに行こうか、と声をかけますと
太郎はうれしそうに返事をしました

おばあさんは台所で涙をこぼしながら、大きなぼたもちをつくり
それを白い布でつつんで、太郎の腰につけてやりました

おじいさんと太郎はふたり並んでつり糸をたらし
たのしい時間をすごしました
あの川上からおまえが流れてきて、おばあさんが拾ったんだぞ
とおじいさんが言うと
かあさんには感謝しかないよ、と太郎は言いました
そして、とうさん、このあいだは叱ってくれてありがとう、とつづけました
おじいさんは、涙が出そうになるのをこらえながら
敷いていた筵《むしろ》をバサリともちあげて
あっというまに太郎を巻きあげてしまいました
そして、筵に巻かれた太郎を、ドボン、と川に流してしまいました
おじいさんは太郎が見えなくなるまでそこに立っていましたが
日もとっぷりと暮れてきましたので、よろよろと家に帰っていきました

筵に巻かれた太郎はどんどんどんどん流されて

海の向こうのちいさな島の浜辺に打ち上げられました
目を覚ました太郎は、斧で器用に筵をやぶって立ち上がり
ぶるぶるとからだをふるって、着物の水をしぼりました
あたりには、何もない草っぱらが広がっていました
それでもしばらく歩いていると、高台のほうに
煙の上がっている屋敷を見つけましたので、行ってみることにしました

ところがそこは、大鬼の家だったのです
おい、おまえ、勝手におれたちの島に入ってきて何者だ
大鬼が、きばをむきだしにした大きな顔を近づけてそう言いましたので
太郎は、すみません、わたくしもたまたま流れ着いたもので、と頭をさげました
すると鬼は、近ごろはどろぼうが多くてかなわない
おまえがそうでないという証拠を出せ、とすごみます
それで太郎は、わたくしがどろぼうなんてとんでもない
これをさしあげましょう、と言って
腰元についていたぼたもちをさしだしました
すると大鬼は、滝のようによだれをたらして

おばあさんのつくったぼたもちを、うまい、うまい、とたべました
太郎が、大鬼さまは裕福なのに、たべるものもなかったのですか、とたずねますと
大鬼は、今年は雨がひどくて畑も田んぼも全滅だ、と言いました
そして、大きな障子をバッと開いて
ほら見なさい、下のほうの集落は、大水でぜんぶ流されてしまった
残ったのはこの屋敷だけだ、と泣くのです
太郎はおどろいて
あの草っぱらはただの草っぱらじゃなかったのですね
わたくしに何かできることはありますか、と尋ねますと
大鬼は、おまえは立派な斧をふたつも持っているじゃないか
それで、こわれた家をなおしてやってはくれないか、と言いました

太郎はそれから何年もかけて
大水でこわれた家々をどんどん直し、荒れた田畑を耕しました
むらじゅうの鬼が、はたらき者の太郎にたいへん感謝をしていました
大鬼は、おまえの斧はすばらしい、と感心し
なにも不自由はさせないから、ずっとここに住みなさい、と言いました

けれど太郎は、わたしには帰る場所があります、と答えました
大鬼はたいそう残念に思いましたが
それではお礼にこれをやろう、と言って金銀財宝をつつんでやりました
翌朝、太郎は自分でこしらえたちいさな舟で、島から旅立つことになりました
おおぜいの鬼たちが浜辺で見送ってくれます
大鬼が大きく手をふると、太郎もふたつの斧をふりました
それに太陽があたってきらきらと光るのを、鬼たちはいつまでも見つめていました

それから数日後の明け方
太郎は、おじいさんとおばあさんの暮らす家へ帰りつきました
ひさしぶりのわが家は、すこし古びて見えました
太郎が、わたくしです、と言って戸をたたきますと
おばあさんはすぐに飛び起きて、戸を開けてくれました
太郎はまた一段と成長し、斧もピカピカに磨かれて光っています
おばあさんは、太郎を抱きしめて、
たいへん立派になりましたね、と言いました

しばらくすると、おじいさんが起きてきましたので
太郎は、おはようございます、ただいま戻りました、と言いました
おじいさんは腰を抜かして
せっかく安心して暮らしていたのに！　と涙声で言いました
それから、太郎のとなりに置かれた包みをめざとく見つけて
それはなんだ、とたずねました
太郎はにんまりと笑って、鬼にもらった金銀財宝を広げました
これはすごい、とおじいさんは目をきらきらと光らせます
太郎は、とうさんも鬼ヶ島に行けばもらえますよ
とうさんは柴刈りがお得意ですから、きっと活躍できます、と言いました
ほんとうか？　とおじいさんが問うと
もちろんです、と太郎は答えました

その瞬間、太郎は床に引いてあった筵をばさりともちあげて
おどろいたままのおじいさんを巻きあげてしまいました
そして、ひょいと担いで川へと走り、水の中へ放りなげてしまったのです

太郎はふたつの斧を大きくふって、おじいさんを見送ります
おじいさんはあっという間に流されていき、とうとう帰ってきませんでした
ぶじに鬼に会えたのか、海の底で暮らしているのか、誰にもわかりません

その後、太郎は、鬼にもらった金銀財宝を貧しい人たちに配ることにしました
金銀財宝をもとめる列には、あのとき怪我をさせてしまった友だちもいました
太郎のせいで、腕がふたつともないのです
太郎は、過去のおこないを必死にあやまりました
すると友だちは、なに、もういいんだ
おまえはあのときも、ちゃんとあやまりに来てくれたじゃないか
それより太郎、おれはずっとおまえの斧をバカにしていてすまなかった、と言いました
そしてふたりは、たがいの人生の苦労を思い、抱きあって泣きました

今日も太郎はピカピカの斧で田畑を耕し、おじいさんのぶんまで、一生懸命働きます
腕のない友だちは、足を使って器用に作物をとります
おばあさんは、太郎たちがつくった作物でおいしいごはんをつくります
太郎たちはいつまでもしあわせに暮らしました

ふつうの明日

「斧の手太郎」は、語り継ぎの民話である「手斧息子」と「嘘吹き太郎」に着想を得た創作物語となった。もとになっているのは、『日本の昔話3 ももたろう』（福音館書店、おざわとしお再話）に収録されている「手斧息子」と、民話採訪者の小野和子さんに教えてもらった「嘘吹き太郎」だ。前者は手斧の手を持った子ども、後者は極端な嘘つきの子どもが主人公。もちろんふたつは違うお話だけれど、大きな共通点がある。変わった特徴を持った子どもが周囲の人を困らせるので、父親がわが子を捨てようとする、という点だ。このことについてはのちほどまた触れるとして、まずはなぜこれらの話を扱いたかったのかを書きたいと思う。

「嘘吹き太郎」について教えてくれた小野和子さんは、宮城県内を中心として、村々を訪ね歩いて出会った人たちから民話を聞き、記録することを約五〇年間も続けてこられた。そして彼女はかならず、お話それ自体だけでなく、語り手自身の人生や、むらの暮らしや歴史背景なども丁寧に聞き、記録をしてきた。わたしはこの数年、小野さんが発足当時から牽引してきた「みやぎ民話の会」の集まりに参加させてもらっており、小野さんや会のみなさんが、民話採訪の現場で気づいたことや話し合ってきたことの一端を聞かせてもらってきた。

ある日、「民話の会」が主催するイベントに関する話し合いの席で、民話の中の子どもたちは異形である、という話が出た。とてもちいさなからだを持つ一寸法師、流されてきた桃から生まれる桃太郎、タニシの姿をしたツブ息子。彼らは特異な姿と状況で、子のない、貧しい老夫婦に授けられる。小野さんは、異形の子どもたちは、もしかしたら障がいのある子どもたちだったのかもしれない、とおっしゃった。そして彼らの多くは、お話の中で何かしらの差別や困難に遭うのだけど、最後には親から自立して生きていくのだという。

わたしはその話を聞いて、どこか救われるような気持ちになっていた。というのも、自分の一〇歳年下の弟、Hくんには障がいがあり、彼の成長について感じていたことと重なったからだ。重度の知的障がいがあるHくんは、現状、家族（彼と同居している両親と妹、とくに母親）が一緒にいないと〝ふつう〟の生活どころか、生きていくことさえできない。そんなHくんを献身的に支え、彼が安心できる暮らしを維持している家族には頭が下がる。一方でわたしは、きょうだいとして彼を身近に支えていく将来を想像しつつ、生まれた頃から家族との関係にあまり変化がないまま、他の同世代と比べて圧倒的に世界がちいさいままで二〇歳を過ぎた彼が、本当はどんなふうに生きたいのかを知りたいと願っている。ここで使う〝本当〟という言葉はとても荒唐無稽なものだ。というのも、Hくんは、みんなのようには言語を扱うことができない。

言語のない世界では、自分が何を感じているかを整理することも、自分の願いや考えを他者に伝え、共有することも難しいだろうと想像する。いまの日本の社会状況で〝ふつう〟に暮らすには、言語中心のコミュニケーション能力と、様々な技術や知力が求められるから、Hくんはいつも大変な思いをしているように見える。とはいえ、いまは不便を感じないくらいに、周囲からのサポートを受けられているように思うけれど、もしもそれがなくなってしまったら、という不安は、Hくん自身がもっとも強く感じているはずだ。でも、それが〝本当〟かどうかなんて、どうしたってわからないところがある。だって彼は言葉を喋らないのだ。

だから家族の会話では、Hくんの気持ちをそれぞれが推し量り、それぞれが勝手に語っているところがある。もちろん彼がもっとも離れがたい存在である母親は、彼のことを重々理解したうえで、Hくんはしあわせだ、と言ったりする。それを聞いたわたしは、きっとそうなのだろうな、と思いつつも、母の言葉の背景にある複雑さを考えてしまう。いまも母の生活は、彼を中心に回っていると言える。見た目はまったく健康な状態で生まれたHくんに障がいがあるという事実を受け入れるところから、母には大変な葛藤があったと思う。それから人生の多くの時間を費やして向き合ってきたHくんが〝しあわせ〟であることは母の強い願いだろうし、それが否定されてしまうことは母にとって、自分の身が切られるように辛いことだと思う。母とHくんはまったく別の人格を持った個人である。それは母自身も、周りの人間も論理的に理解している事実だ。けれど、とくに障がいがあり、なかなか親から離れては生きていけない状態にある子どもと、親の人生をまったく分けて考えることも、語ることもまた難しい。Hくんのきょうだいとして、母とHくんを見てきたわたしはそう感じている。

わたしはずっとふたりの関係の繊細さと、それによって生じる危うさが気になっているけれど、そのことについて直接問うのには迷いがある。いまのところ家族（とくに母親）がいないと生きていけないHくんだけど、わたしや妹は、将来どのように彼と一緒に暮らしていけるのだろう。当たり前のように、日々そのことが頭をよぎる。けれど、そんなことで悩むのは、わが家ではルール違反であるようにも思う。両親は、障がいのあるきょうだいがいることで負うハンディのようなものを、わたしたちに感じてほしくないのだから。Hくんに障がいがあるとわかった時から、母は、あなたたちは自分の人生を生きていいんだよ、と語ってくれていた。わたしはそれがありがたかったし、いままでHくんの存在を重荷だと感じたことはない。でも、いつかは具体的な支援の仕方を話し合わなければならない。そう思いつつ、まだわたしは自分のことにばかりかまけている。家族というちいさな共同体が抱える問題については、そこに関わる全員が中心的な当事者なので、誰かに本質的な問いを投げかければ、すぐに質問者にも跳ね返ってくる。もちろん外部の支援はたくさんあるけれど、いまのところHくんの生活に関わることは、基本的にはわたしたち家族が決めていかなければならないだろう。

二〇一九年六月、元農水相の官僚が引きこもり状態だった息子を刺殺してしまう事件が起きた。加害者である父親は、その四日前に川崎市登戸で、引きこもり状態だったとされる男が通り魔事件を起こしたのを報道で知り、強い不安を感じていたという。わたしは実家の居間で家族とご飯を食べながら、その事件のニュースを見ていた。母はため息をつきながら、このお父さんの気持ちはわからないでもない、とつぶやいた。父もうなずく。わたしは、悲しいよね、と相槌を打ち、Hくんはいつも通りにこだわりの味付けを施した冷やし中華をすすっていた。

いや、違う、とわたしは思った。どんなことがあっても、子どもは親に殺されてはいけない。しかし、いまの社会では、親がみずからの手で子どもを殺すところまで追い詰められてしまうことがある。なぜそうなってしまうのか、その要因はわたしにだっていくつも想像できる。しかし、それでも、どんな形で生まれても、子どもは親から自立できる。民話は、その可能性を多様な形で語ってくれているのではないか。わたしは、いつか「民話の会」の集まりで聞いた、数々のお話を思い出していた。

ここで、冒頭で触れたふたつのお話について書いていく。おざわとしおさんが再話している「手斧息子」は、沖永良部島で岩倉市郎さんが記録した話なのだが、こちらは、帰ってきた息子が川の石で手足をこすると刃物が取れて、息子は立派な若者になり、両親と暮らしていく。対して宮城の「嘘吹き太郎」では、戻ってきた息子は父親を（おそらく、結果的に）殺してしまう。その後も調子よく嘘をついてお金持ちになるのだが、自分のためにまぶたを泣きはらした母親とのやりとりで嘘をつくことの悪さに気づき、その後は働き者になって母親と暮らしていく。どちらかと言えば前者の方がわかりやすい形でハッピーエンドなのだけど、刃物が取れると立派な若者になる（しかも本人が、「おれの体は、このとおり、ちゃんと人間の体になりました。もう心配いりませんよ」と宣言する）という展開は、障がいがある当事者と家族にとっては辛いものがあるようにも思う。対して宮城の「嘘吹き太郎」の父親は気の毒だけど、そもそも世間様の目を気にして、みずから息子を殺そうとしている。どんな理由であれ自分の存在を脅かす親を、子どもは残酷なかたちで、すっきりと越えていく。そして、特別に立派になるのではなく、自分自身のこれまでの行いを省みて成長し、ふつうの生活を送っていく。わたしはこのお話が好きだ。民話は決して正しいことだけを語ろうとしない。ときに残酷で、矛盾だらけで、とても理不尽だ。けれど、どこかでその話に救われるからこそ、無数の生活者たちが、連綿と語り継いできたのだろう。

小野和子さんは、民話が〝障がいがある〟子どもたちをこんなにも親しみを込めて描いている、という謎に向き合う時、翻って、人間はどんな者でも、（社会との間で）障がいを持っているのだということを考える、ともおっしゃった。わたしたちはみな、人間はみな、〝こまった存在〟なのだ。

わたしはいつかHくんと、「手斧息子」や「嘘吹き太郎」のような、さまざまな〝こまった子どもたち〟を主人公にしたお話について、語り合ってみたいと願う。

（二〇二一年八月）

第8章
平らな石を抱く

わたしは軍国少女でした。戦争に行きたくて行きたくて、志願して兵隊に行った兄が羨ましくてたまりませんでした。高等科二年の頃に先生が、軍需工場へ志願する生徒はこの紙を提出しなさいとおっしゃったので、わたしはすぐにその紙をもらって帰り、父の印鑑をこっそり取り出して捺《お》しました。翌日先生に提出すると、なぜ行きたいのかと問われたので、英霊として迎えられたいから、と答えました。戦死した兵隊さんたちが帰ってくるときには、町中の人びとが集まって行列になって迎えます。女に生まれて兵隊にはなれないわたしは、せめてお国のために死ねたらどんなにいいかと思っていました。

その夜、先生が家にやってきて、わたしの両親にあの紙を見せ、娘さんの意志は知っていますか、と問いました。何も知らない父は事情が飲み込めない様子で、先生が帰ったあと、とても恐ろしい顔になってわたしを叱りました。戦争で死なすために育てたんじゃない。どうせ負ける戦に出すわけにいかない。父はそう怒鳴りました。日本の窮地には神風が吹くと教えられていたわたしは、父の言葉に怒りました。なんでそんなひどいことを言うんだ。兄貴も戦地にいるのに。わたしがそう叫ぶと、父の後ろにいた母が声を上げて泣き出しました。わたしは決して母のことを嫌いではありませんでしたが、母は身体が弱くて働けない人で家計の頼りにはならず、それによく泣くのでみっともないと思っていました。軍国の母なのに。隣の家のおばさんは、息子さんを気丈に見送っていたのに。もちろん母は、兄が出征するときもしくしくと泣いていたのです。

でも思い返せば家の中では父はいつも、日本は戦争に負けると言っていたので、大半の大人たちはすでにそのことを悟っていたのではないでしょうか。おそらくわたしは学校の教育によって、そのような考え方に染まっていたのです。そうは言っても、わたしは他の級友たちと比べてもずいぶん熱心だったと思います。もともと素直すぎる性分なのと、男で年上だからこそ兵隊に行けた兄への羨望があったからかもしれません。それに、戦地に行けば白飯が出て立派な軍服を着せてもらえる。わたしの下に五人のきょうだいがありましたので、食べるものにも困る家庭で、これ以上両親を、とくに父を困らせたくないという気持ちが幼心にあったのかもしれません。わたしは胸の膨らみかけた自分の身体を、いつも恨んでいました。

それなのに父は、わたしがこれ以上戦争に行く気を起こさないようにと、お金もないのに女学校に入れたのです。そのうちに戦争も末期になり、結局わたしたちはほとんど勉強をせず、勤労奉仕であちこち耕しているうちに戦争が終わりました。玉音放送は、学校の校庭に全校生徒並ばされて聞きましたが、雑音だらけで何を言っているのかはわかりませんでした。先生たちが泣き崩れるのを見て、これは戦争に負けたのだろう、と思いました。

自宅に帰る道すがら、あちこちで大人たちが泣いていました。その真意はそれぞれなのだろう、と想像するくらいに、わたしはとても冷静でした。今朝まであんなに熱を持った軍国少女だったのに。その日は不思議な解放感で、足取りが軽かったのです。

それから数日後、兄は戦地からひょっこりと帰ってきました。夜中に着いたのでみなを起こしては申し訳ないからと言って庭先で眠って、翌朝わが家の戸を叩いたというのです。薄暗いなか汚れた軍服を着て立っている兄の姿を見た母は、はじめは幽霊か何かだと思ったようですが、ただいま戻りました、という懐かしい声を聞いてたまらずその人を抱きしめると、たしかにその身体が兄のもので、ちゃんと生きているのを実感したのだと言いました。

兄はもともと無口な方でしたが、帰ってきてからはますます無口でした。ぼうっとしている時間も多かった。家の畑を手伝うはずがそこまでもたどり着けず、庭先に座ったままでいることもよくありました。父も母もそんな兄を咎めることはありませんでした。兄は大変な務めを果たしてきたのだから仕方がないと思っていたのかもしれません。もしくは、兄から何かを聞いていたのかもしれません。

そのうちにわたしは女学校を出て教師になりました。と言っても、当時は自分の希望で職業を選ぶような時代ではありません。クラスの中でも先生と親しかった三人が声をかけられ、簡単な試験を受けて教壇に立ちはじめたのです。わたしはあたらしくなった教科書で、子どもたちに民主主義と平和について教えました。

わたしは仕事が好きになり、しばらく嫁には行かずによく働きました。わたしは、働けない兄の分まで働いて家計を助けました。妹に頼るようなかっこうになって、兄はどんな思いをしているのだろう、とよく想像していました。これは、本当にわたしの弱い部分なのですが、家族で食事をするとき、わたしは兄に対してちいさな優越感のようなものを覚えていました。この食卓はわたしが支えている。戦争が終われば、女だってこうして働いて人の役に立つことができる。当時、働く女に対する世間の目は優しいものではありませんでしたが、わたしはすくなくとも家族に頼られてうれしかったのです。

数年経って兄は、戦争で夫を亡くした、三つ歳上の人と結婚しました。兄の嫁はものしずかでやさしい人でした。いつも兄たちは連れ立って畑に出て、朝から晩まで働いていました。ふたりの間に子どもは生まれませんでしたが、仲のよい夫婦だったと思います。

兄嫁に関することで印象に残っているのは、ある夜、わたしが生理の腹痛で唸っているときに、囲炉裏の隅で平べったい石を温めて布に巻いたものを、お腹に当ててください、と言って持ってきてくれたことです。とくに働く女にとって、生理は地獄でした。当時は職場でも家庭でも、生理の話など誰にもできませんでしたから。たとえば職場では、生理痛で弱っている姿を見られると、女としてみっともないと蔑まれました。だからわたしはいつも、生徒たちを帰らせた後に倒れるようにして教室でうずくまり、やっとのことで家まで帰ってきたのです。

翌日の夜、囲炉裏の横で縫い物をしていた兄嫁にお礼を述べて、昨日の石と畳んだ布を渡し、職場でのことを伝えると、彼女はうんうんと頷いて、女として生まれただけで、どうしてこんなに辛いのでしょうね、と首を傾げました。囲炉裏の火で彼女の顔はチラチラと揺れていましたが、おそらくうっすらとほほえんでいたと思います。

わたし、前の夫が戦争に行っていたとき、こういう平べったい石を夫の足に見立てて、いつも囲炉裏であたためていたんです。戦地でせめて彼の足が冷えないようにと願いながら、ひとりきりの夜は、こうして石を抱いていました。彼女はちいさな声でぽつりぽつりと語りながら、わたしが渡した石を、自分のお腹に当てました。でもね、ある寒い日の朝に石がパキンと割れてしまったのです。それから間もなく、彼の戦死を知りました。そう語りながら、愛おしそうに石を撫でる彼女の姿を見ていると、わたしはただ泣けてくるのでした。ご主人を愛していたのですね、と問うと、彼女はちいさく頷きました。わたしはつづけて、あなたは兄さんを愛しているのですか、と問いました、すると彼女はそっと首を横に傾げて、ふうとため息を吐いたあと、わたしはこうすることでしか生きていくことができないのです、と言いました。満足に字も書けない、子どもも産めない女ですから。

わたしはそれから、兄嫁を避けるようになりました。彼女に対して憐れみのような感情を持ちながらも、彼女が兄を裏切っている気がして嫌だったのです。どこか怖いとも、ずるいとも感じていました。

そうしているうちに、わたしは職場恋愛をし、結婚して家を出たので、兄夫婦とは疎遠になりました。兄嫁は五〇になる頃に亡くなりました。それから兄の頭は混乱するようになり、食事を食べたことを忘れたり、家からいなくなったりするようになりました。わたしは老いた両親を手伝うために、実家に通うようになりました。

晩年の兄の語りはよくわからないことがほとんどでしたが、戦争中の記憶は部分的に鮮やかでした。繰り返し語られたことをここに記します。兄も軍国少年で、とくに航空部隊に憧れていました。でも、いざ志願するときに自分の死ぬ瞬間を想像してみると、ひとりぼっちで死んでゆく飛行機乗りよりも、仲間といっぺんに死ねる軍艦に乗った方がいいと思ったそうです。それで兄は海軍を志願し、西の海の沖で軍艦に乗っていました。日々大小の身の危険を感じながらも半年ほどが経ったある日、ついに兄たちの乗った軍艦に爆弾が落ちて沈没したのです。兄は運よく目の前に浮かんでいたベニヤ板の切れ端につかまりました。そこへ自分の名前を呼ぶ声が聞こえたのでふりむくと、網のようなものにすがってかろうじて浮かんでいる上官を見つけました。上官は、おい、その板をよこせ、と繰り返し叫びました。兄は一瞬たじろぎましたが、その声を無視して必死に泳ぎ、なんとか岸にたどり着きました。そして、同じく岸に上がった同期の戦友とともに、上官が沈んでいくのを見ていたそうです。兄はこの話のおわりにいつも、戦争なんてそんなものだった、とつぶやきました。そしてつづけて、その上官に酷い仕打ちをされていたという捕虜たちのことを語ろうとして涙を流し、それ以上は嗚咽して語れなくなるのです。

戦争から帰ってきた兄が抱えていたものは、いったい何だったのでしょう。それが、軍国少女だったわたしが向き合わなくてはならないことのはずなのです。

いまの時代は食料も豊富にあり、爆弾が降ってくる心配もありませんけれど、いい時代とは言い切れません。あの時代とは違った苦しみがあり、窮地に追いやられている人もいるでしょう。そういった人びとのことを思うとき、わたしは、兄と兄嫁のことを思い出します。そして、なぜ彼らにもうすこしやさしく接して、ゆっくり話を聞いてあげなかったのだろうと悔やむのです。同じ時代を生きながら、わたしは彼らよりもすこしだけ恵まれていました。それでも決して平坦な道のりではありませんでしたが。

日々忙しなく働き、子と孫を育て、わたしに残された時間はわずかです。けれど、いまからでもふたりのことを、ふたりのような人たちのことを、そして彼らが抱えていたもののことを、考えたいと思うのです。

わたしの胸.

――

わたしのずっと年上の友人に、宮城県の山間地に暮らす九〇歳のお姉さん、Sさんがいる。彼女は息子さん家族と二世帯住宅で暮らしているけれど、基本的には自分のことはすべて自分でやっている。電話が鳴ったら小走りで出るし、庭先の畑でつねにいろんな野菜を育てているし、近所に住んでいる同級生とは毎日一緒に散歩をしているし、とても元気な人だ。そして、おれいっつもうっかりしてるんだもなぁ、と笑いながら、きゅうりの漬物を一度に何種類もつくってしまうお茶目な人だ（しかもご近所さんたちも漬けたきゅうりをお裾分けに持ってくるので、彼女の冷蔵庫は夏の間中きゅうりでいっぱいになる）。

わたしは友人と連れ立って、ときおりSさんを訪ねる。お茶をいただきながら世間話をしているなかで、Sさんはよく少女時代の話を聞かせてくれるのだけど、そのほとんどは戦争に紐づいた記憶といえる。たとえば兄弟仲について尋ねてみると、お兄さんが志願兵になったときのエピソードが出てくるし、お母さんの人柄を問うと、軍国の母なのに泣き虫でねえ、という話し方になる。とはいえ、そのときの彼女の語りは重苦しくも説教くさくもない。いつも通りたんたんとしていて、体裁としては他のおしゃべりと同じだ。けれど、その声はどこかしんみりとしたトーンに変わっている。それでわたしは、Sさんが何か大切なことを語ろうとしているようだと察知して、よりしっかり話を聞こうと耳を欹《そばだ》ててみる。彼女の真意はわからないけれど、受け取れるものはなるべく受け取りたい、と思う。ずいぶん年の差のある友人同士は、ときに〝語り伝え〟の協働者でもあるのだと感じている。Sさんとわたしたちは、そんな時間を一緒に過ごすのがとても好きだ。

ある日、いつものようにSさんの少女時代の語りを聞きながら、ふと、物資が何もなく、女性の立場がとても低い時代の生理事情はどうなっていたのだろうとわたしは思った。いまの時代でさえ生理の期間はケアが大変なのに、およそ八〇年前、いまでは想像も及ばないくらいに困難な戦時を、彼女たちはどのように過ごしていたのだろう。そんな疑問を投げかけると、Sさんは一瞬ピリッとした表情になって、女の人は本当に大変だったんです、と答えた。そしてまた優しい声色に戻って、あんたたちは馬鹿にしたりしないからな、次来た時にちゃんと話すから、と続けた。あ、これは何かが託されるのかもしれない、とわたしは思った。

数週間後、お盆の終わり頃にもう一度訪ねると、Sさんは「今日話すこと」のプログラムをつくってくれていた。生理、出産、夫との死別、継ぎ縁（家を存続させるため、戦死した夫の兄弟と再婚すること）……テーマは、〝女の苦労〟だった。Sさんは書かれた文字を指でなぞりながら、例のしんみりとしたトーンで語りはじめる。戦時の、あるいは終戦間もない頃の女性の暮らしはたしかに凄絶だった。たとえば、当時は生理についてきちんと教わる機会がないため、初潮が来た時は、自分の身に何が起きているのかさえわからなかったという。もちろん生理用品もないので、Sさんは雑紙を揉んで柔らかくしたものを股に挟んでしのいでいたが、紙があるだけマシだった。腹が痛んでもただ耐えるしかない。他の人たちがどうしていたのか知らないのは、当時は女同士でも、生理で苦しむ姿を晒すのは恥、という空気があったからだという。たしかに物理的な課題も苦しいけれど、本来苦しみを分かち合えるはずの者同士が攻撃しあう構図になることほど悲しいことはない、とわたしは思う。ええ、それって悲しすぎませんか、と相槌を打つと、そうなんだよねぇ、とSさんは頷く。これまでのSさんの人生に、このような話をする機会はあったのだろうか。あったとすれば、当時は語りにくかったことが語りあえるようになったのはいつだったのだろう。そして、いまわたしたちにこれを話すことは、彼女にとってどんな意味を持っているのだろう。

出産時の話も印象深い。子どもが生まれると近所の人がお祝いを持ってくるのだけど、そのとき決して家には上がろうとしない。「産火いろう（拾う）から」。つまり穢れを持ち帰るのがよくないのだそうだ。Sさんの暮らすまちには山岳信仰があり、女性である山の神様が出産の血を嫌うのだという。それで、穢れが移った身体で山仕事に入ると事故が起こるので、訪問者は出産した女性には会ってはいけないのだという。最も労わられなければならない母親が穢れたものとして扱われる。Sさんのメモには、「不浄」という文字が大きく書かれている。わたしはそれを見つけて、息を呑む。

わたしはそれまでに郷土史家のおじさんから、このまちの山岳信仰について何度か話を聞いていた。おもには祖先の魂が還る場所としての山について。おじさんは、あの山だよ、と言って広い田んぼのずっと奥を指し示す。生活のなかの風景に祖先のいる山がある。その思想はとてもうつくしい。さらにその思想が、年中行事や冠婚葬祭の作法、地域の風習として日々実践されており、それを教えてもらうたびにわたしは感動していた。

Sさんが語った出産の話は、その郷土史家のおじさんからは聞いたことがなかった。もちろんわたしが尋ねなかったから語られなかっただけなのだろうけれど、おおよそ同じ時代、近しい場所に暮らしていても、立場によって、とくに性差によって、こんなに見えているものが違うのか。もちろんおじさんに聞いた話の価値が揺らぐことはないけれど、その事実は衝撃だった。

わたしたちが絶句していると、Sさんは、昔は大変な時代だったんだもねぇ、と笑った。そして、いまはナプキンでもなんでも堂々と宣伝してるし、出産はもちろん喜ばれるものだからぁ、とってもいいんだもんね。でもね、いまもっと見えにくくなってるかもしれねえけど、違うかたちで苦労してる人、あると思うんだ、と続けた。

Sさんが伝えようとしていたのは、かつての女の苦労だけではなく、それがいまだなくならず、現代を生きる若い誰かの苦しみとして残っている、ということだったのか。Sさんは、あんたらそれがちゃんとわかっているか、とわたしたちに問うている。翻って、Sさんは戦争の話も、そうやっていまの問題として語っていたのだろう、と遅ればせながら気がつく。

「平らな石を抱く」は、Sさんに聞かせてもらったさまざまな女性たちの話、またこれまでに各地で出会ってきた戦争体験を持つ人びとの語りから着想を得て書いた物語である。Sさんが長年ライフワークとして女性たちに話を聞き、記録しつづけてきたその想いをすこしでもわかりたい、と思っている。

渦中のなかの渦中にあって語るのが憚られていたものごとが、数十年の時を経て、たまたまの出会いの交点によって、ふと語られる。彼女らは過去にあった苦しみや間違いをいままさに語っている。そのとき託されるものは過去の事実だけではなくて、これからのための問いかけでもある。それをいつも忘れずにいたい。


（二〇二一年九月）

第9章

やまのおおじゃくぬけ

むがす
山に囲まれたちいさな村に、ヘビの話、いくつもあったんだと
太郎という気のやさしい少年、その村を流れる川のそばに
おじいさんとふたりで暮らしていたんだと
雨が降るたび、おじいさんは雨戸のふし穴を覗きながら
やっぱりヘビの通る道っつのがあるんだべなあ
というので、太郎は首をかしげて聞いていたんだと
そしておじいさん
ほんとうにヘビが出たときには、みんなを守ってやれよ
といったんだと

それからずいぶん時間が経って
おじいさんはもう亡くなっていたんだが
太郎はりっぱな大人になって
村の年寄りたちとなかよく暮らしておったんだと

そろそろ山が赤くなる季節だったか
太郎は村のみんながつくった野菜をぜんぶ担いで
となり村まで歩いて売りにいったんだと
その日は持っていったもの、昼までにすっかり売れてしまったんで
太郎は上機嫌で、家に帰ろうと歩き出したんだと

そこへおっきな荷物を背負ったちゃっこいわらし、現れたんだと
どうれ、おれが持ってけっから
太郎がそういって
そのわらしの荷物をひょいと持ち上げると
わらしは頭をぺこっと下げて

山のうえさ、先へ先へと上がっていくんだと

太郎がようやく山のてっぺんにつくと
そこにおおきな沼、あったんだと
わらし
お兄ちゃん、この水は特別うまいから飲んで
といって、沼の水、指さしたんだと
太郎はそのすきとおったきれいな水、がぶりっと飲んだんだと
それがたいへん、あまくてうまい水だったんだと
太郎はそのうちにいい気分になって
しまいにはぐうぐうと眠ってしまったんだと

どれくらいの時間が経ったか
雨がぽつぽつとほほに当たるので、太郎は目を覚ましたんだと
そしたら、ちょろちょろってうごく黒っぽい縄みたいなもの、目に入ったんだね
それ、沼の周りをぐるーっと一周するほど大きな大きなヘビだったんだと

太郎がびっくりして
あのわらしをどこにやった！　と叫ぶと
大ヘビは
おらがそのわらしだ！　と答えたんだと
おら、雨が降るとヘビになってしまう
そういって大ヘビ、わんわん泣くんだと
大きなからだでのたうちまわるもんだから
山自体がもう、ぐうらぐうらとゆれるんだと
大粒の涙がぼろんぼろんと落ちるたびに
太い木がバキーンバキーンと折れてしまう
ほして、その涙が集まると川みたいになるんだね
太郎はこれはまずい！　と思って、大ヘビの頭さ飛び乗って
大丈夫、大丈夫、と撫でてから
自分がかぶっていたカサ、のっけてやったんだと
すると大ヘビ、見る間にちいさくなって、さっきのわらしに戻ったんだと
太郎が、いがったなあと笑っておったら

カサをかぶったわらしがくるりとふり向いて
あんちゃんの村はどこなのや、とたずねるんだと
それで太郎が、あの赤い鳥居のどごさ、と指さして教えてやると
わらしは、大きくうなずいたんだと
そして、さっきの大きな荷物から
くるくると丸めた紙を取り出して
嵐が来たらこれを見でな
といって、太郎によこしたんだと
太郎はその紙、だいじにふところさ、しまったんだと

しばらくして太郎が、そろそろ帰るべ、というと
わらし、今度はさみしそうな顔して
ヘビの姿は誰にも見せてはなんねんだ、というんだと
それから、太郎に沼の水をたんまりのませたんだと
酔っぱらっちまった太郎は、ここで起きたこと、すべてわすれちまったんだね

ふらふらの足取りで太郎が村に戻ると

とんでもない風、吹きはじめた
そして、ゴンゴンゴンとたいへんな雨になったんだと
太郎の家のうしろの川はいつもおだやかなんだが
たちまちとんでもない流れになって
岩がゴローンゴローンと落ちてくる

しばらくすると、今度は岩の落ちる音さえ聞こえなくなったんだね
お向かいのばあさん
これはまずい、大岩が浮くほど水かさが高くなってるど！
と気がついて
太郎の家の戸さドンドンドンと叩いて、中さ入ってきたんだと
ほして、寝ていた太郎をひっぱたいて
あっちこっち大水だ！　と叫んだんだと

太郎、たちまち跳ね起きて
まだぐるんぐるんするあたまのまんま、外さ飛び出した
そして、ざんざか降る雨も、あふれる川もかまわねえで

ひょいひょいと村じゅうまわって
村の人たちみな背負ってきて
川向こうの小屋さ集めてしまったんだと
酔っぱらいの太郎には怖いもの、なかったんだね

そのうち太郎、またぐうぐう寝はじめたんだと
村の人たち呆れながらも、布をかけてやろうとしたら
太郎のふところから、あのわらしにもらった紙っこ
ぽとりと落ちてきたんだって

広げると、この村が書かれた絵図だったんだと
見るとあっちこっちに黒い印、書いてあって
村の人たち
こりゃあとんでもねえ不吉だなあ、と騒ぎだしたんだと
太郎、その声でむくりと起きだして
なんだい！　ヘビがあちこち這っているんだなやあ！
と叫んだんだと

寝ぼけまなこの太郎には、黒い印がもやもやとつながって
ヘビがうごいてるみでえに見えてたんだって
そうして太郎、その黒い線が
この小屋にも重なっているのを見つけて
ここさ大ヘビ来るど！　ここさ大ヘビ来るど！　と大騒ぎしたんだと
しかたねえから、みんなで丘のうえまで上がったんだね

まだまだ空がぶん抜けたように雨は降るし
日も暮れてきて、目の前もぜんぜん見えなくなった
その瞬間、ビカビカってとんでもないイナズマが光ったんだと
じゃく、じゃく、じゃー！
じゃく、じゃく、じゃー！
村じゅうあちこち、一気に大ヘビ、通り抜けたんだとや
それ、みなで見ったんだど

夜明けとともに、雨はすっかり止んだんだと
村はどっぷり水に浸かっちまったが

太郎たちがいた丘の上だけ、なんともねかったんだと
だからすぐに、みんなで村の片付けをはじめたんだね
ほして太郎、壊れた小屋の床の下から、あの絵図を見つけたんだと
黒い印の墨が雨で溶けて、線みたいになっておってな
それ、ヘビみたいだっていうんだと
ちょうど、酔っぱらいの太郎が見たヘビとおんなじだかもしんね

その線をたどってみると
太郎がいつも物売りに行く途中の山に続いていたんだと
太郎は
おらだちも命は守られたんだがら、山さお礼に行った方がいいがもしんね
と思って、行ってみることにしたんだと

どこの道も壊れてしまってひどいんだもんね
太郎は困ってる人を見つけては手伝うもんだから
山の上さついたときにはもう夕暮れだった

そこ、とっても見晴らしがよくて
太郎の村の赤い鳥居がよっく見えたんだと
まだあちこちに溜まったままの水に夕焼けが反射して
その景色、悲しいくらいにきれいだったんだと
それ見て太郎、おもわず手を合わせたんだと

目を開けると、足元には
あの日太郎がかぶっていたカサが落ちていてね
その下さ、たいへんな金銀財宝が置かれていたんだと
太郎は喜んでそれを村に持ちかえったんだと
そのお金で村は復興して、みなしあわせに暮らしたんだと

太郎はひとつも覚えていなかったんだけどね
もともとあの山には、わらしが守っていた沼があったんだね
沼はすっかり壊れてしまって、水もぜんぶ抜けていたんだが
山肌には、太郎の村をそれるようにして
ヘビが降りていったみたいな跡が残っていたんだって

それから村では、ヘビ穴の絵図を大事にして
大ヘビが雨の日に通る道のこと
じゃくぬけって呼ぶようになったんだと

こんどのヘビはこっちゃ通る
つぎのヘビはあっちゃ通る
ヘビが出かけりゃ水あふれ
ヘビが抜けると山くずれ
じゃっくじゃっくと音がなる
じゃっくじゃっくと音がなる

――

二〇二一年の春、宮城県伊具郡丸森町という福島県境の山間のまちに家を借りた。

もともと二〇一六年に民話の記録の手伝いで訪れて、その後、民話の語り手である秀夫さん、せつ子さんに戦時下の記憶についてお聞きし、その語りを中心にして、物語を書いたり展覧会を作ったりしたことがあった。しかし、二〇一九年一〇月一二日に日本列島を大きな台風が襲い、秀夫さんの暮らしていた集落は、川上から押し寄せてきた土石流によってその大部分が埋まってしまった。集落の人びとが暮らしの中で親しみ、つくりあげてきた風景は一変し、秀夫さんが八六年間暮らしてきた家は全壊した。のちに令和元年東日本台風と呼ばれるようになったこの台風は、関東から東北の各地に大変な被害をもたらした。

台風の後、わたしは災害復旧のボランティアと記録のために丸森にちょこちょこと通っていた。けれど、数ヶ月後には新型コロナの感染拡大が始まってしまい、訪れることができなくなった。そして、慣れない生活に戸惑っている間に、二〇二一年の春になった。

気になりつつも、丸森の情報をしっかりとは得られないままで、まちの人びととの暮らしはどうなっているのか、なかなか状況が掴めない。陸前高田の復興の断片を記録してきた者としては、災後間もないうちに聞かなければならないこと、記録しなければならないことはたくさんあるような気がしていた。状況的に都市間の行き来はまだ難しいけれど、いっそ丸森に住んでしまえば、すこしはできることがあるのではないか。いつも共同制作している映像作家の小森はるかさんとそんなことを話し合い、えいやっとふたりで引っ越してみたというわけだ。

ところで、あの台風の当日のことを、みなさんはどのように記憶しているだろうか。わたしは宮城県仙台市の自宅にいて、案じていたのはむしろ東京のゼロメートル地帯にある実家の家族だった。伊勢湾台風に匹敵する巨大台風がやってくる。関東地方で、まずは大きな被害が出るかもしれない。もしかしたら首都東京の機能が止まってしまうのではないか。報道もSNSもそんな話題で持ちきりで、わたしもそれを案じて、東京に暮らす家族と友人たちに連絡を取っていた。けれど、とくに両親は呑気な様子で、うちの前は水が溜まっていないから大丈夫だよ、と返信が来るものだから、遠方からどのようにして避難を促したらいいものかとヤキモキしていた。ところがそんな心配は杞憂となり、家族や友人が暮らすエリアではとくに大きな被害が出ることはなく、東京の風雨のピークは過ぎていった。その夜、今度は仙台が暴風雨圏内に入る。SNSを見てみると仙台駅前が冠水しており、かなりの非常事態という感じである。もしかして東北の方が危険なのだろうか。そう感じながらも、徐々に弱まっていく雨脚に安堵しながらその日は眠った。

しかし、翌朝のニュースで飛び込んできたのは、真っ茶色の巨大な湖のようになった丸森町の航空映像だった。そのほかにも、福島県や長野県で大きな被害が出ているという。わたしは一気に青ざめて、テレビとSNSに釘付けになる。お昼には友人から連絡があり、秀夫さんの家は水に浸かったけれど、ヘリコプターで救助されたとのこと。無事の知らせにホッとするものの、命の危険にさらされていたことを知ってゾッとする。

それからおよそ一週間後、わたしは仙台の友人たちと丸森に行った。そして、ボランティアセンター内の整備のお手伝いをした帰り、小学校の体育館に開設された避難所に寝泊まりしているという秀夫さんを訪ねた。

ダンボールで出来たベッドに腰掛けた秀夫さんが手を振ってくれる。秀夫さんは、沿岸の被災地のようになってしまったなあ、と苦笑したあと、でもここではお弁当ももらえるし、暖かい場所で眠れるんだからありがたいねえ、と言った。

そして、この被災は人間の仕業だとおれは思うよ、と語り始める。戦後しばらく、林業に携わっていた秀夫さんは、山のことをよく知っている。とんでもない量の雨が降ったのは事実として、もともと山の保水力が落ちていたことが今回の土砂災害の要因だろうと言う。かつては人の手で木を伐って運び出していたのに、機械化が進み、急峻な峰まで大規模に伐採するようになった。トラックや大型の林業機械を通すために道を太く直線的にする必要があり、それを山のあちこちにつくれば斜面が崩れやすくなる。そうしているうちに、安価な外国材が入るようになって国内の林業自体が衰退し、山の維持管理がおざなりになるケースが増えた。実際に、秀夫さん自身も賃金等の問題で六〇年代の終わりには工場に転職している。その後も地域活動の一環で山の整備は続けていたが、病気をしてからはそれも続けられなくなったという。

生まれ育った土地を離れるのはさびしいけど、同じ場所に家を建てるのはむずかしいだろうね。次を探さねばなんねえねって、みんなで話しているのさ。秀夫さんはそう語る。

家と財産を失い、暮らし慣れた集落を破壊されてしまった秀夫さんが、自分の人生史と、これまでに得てきた経験や知識とを重ね合わせながら、起きてしまったことをたんたんと解説してくれる。失ったものに対する悲しみや悔しさ、負った傷の痛みはもちろんあるはずだけど、そこに被害者的な恨み言はなく、反対に、極端に自責的な語り方でもない。出来事からまだ間もないのに、とても冷静に状況を把握しようと努めたうえで、これからについても語り始めているのには驚かされた。

わたしたちは避難所を後にし、すでに薄暗くなってはいたけれど、丸森町内を車で巡ってみることにした。土砂や倒木であちこちの道路が寸断されており、いくつかの集落では、建物の屋根近くまで土砂が堆積している。どうしたって、東日本大震災直後の被災地域の風景と重なった。被災した範囲の大きさを比較すれば、今回の台風の方が、ずっと規模のちいさい災害といえるだろう。けれど、局所的に見れば、震災と同等程度といえる大被害なのだと実感した。

ふと、震災復旧の護岸工事のために、丸森町の山々から石や土を運び出していたことが、多少なりとも今回の台風被災に影響があるのではないか、と秀夫さんや集落の人びとが話していたことを思い出す。これまで陸前高田で復興工事を見てきたわたしは、その規模の巨大さやあまりの無機質さに違和感を持ちながらも、これはこれでやるより仕方がないのだろうと思い込んでいた。けれど、その背後で行われていた作業によって、二次的な被災を受ける地域が出るなんて。しかも、インフラが木っ端微塵に破壊されてしまった秀夫さんたちの集落は、現時点ですでに予算等の都合上、現地再建は難しく、それぞれ転居せざるを得ないかもしれないということだった。東日本大震災の時は、「ふるさとに戻る」というスローガンのもと、山を伐り、広範囲に土を盛る無謀ともいえる嵩上げ工事を施してでも、各地で現地再建を目指していたことを思い返すと、丸森の復旧に対する国の意欲は低いのではと感じられた。二〇一八年の豪雨で被災した岡山県真備町で聞いた「東日本大震災よりも規模がちいさいから、予算も人も回ってこなくてもしかたない」という言葉も思い出される。

自然災害で被災した地域にとって、どのような復旧・復興が理想的であるのかは一度おくけれど、これまでの自分が東日本大震災を、被災地域の内側の問題としてしか捉えてこなかったことに気付かされたのはショックだった。しかしこのことが、〝東日本大震災の被災地域〟対

〝今回の台風被災地域〟という対立の構図になるのは違うし、もちろん、秀夫さんたちもそんな風には話していなかった。けれど、被災、復旧、都市開発、発展……という連続する出来事の中で、遠隔地同士が影響しあうよくない連鎖というものがたしかにあり、そのことについても考えなければいけないのだ、と気付かされた。

一方で、たった一週間ほど前に同じ台風で大騒ぎをしていたはずなのに、何事もなかったかのように日常を送る首都圏の人たちに対しては苛立ちを覚えた。あの大きな台風が来ても、そちらで大被害が出なかった理由には、地方と比較して、インフラ整備にかなりの投資が為されているという事実もあるだろう。都市と地方、首都圏と東北。長年の蓄積で開いた格差があるからこそ、必然的にそちらは無事だったのだ、とも言えるのではないか。もちろん、無事であったことはよかったけれど、せめてその前提を念頭に置いて、すこしはこちらで起きていることにも関心を持ってもらいたい。そして、そのためにわたし自身ができることを見つけなければ。

ここまでが二〇一九年末くらいまでに感じていたことだ。しかし冒頭にも書いたように、それからすぐにコロナ禍に入ってしまい、さらにその後も、各地でいくつもの地震や豪雨・台風被害が起きつづけている。

今回書いた物語は、台風から丸二年が経つ二〇二一年一〇月に丸森の人たちと一緒に企画した、丸森の台風を語り継ぐための場「台風に名前をつける会」で、丸森の人たちが中心となって話し合った内容をもとにしている。

なぜ「台風に名前をつける会」にしたのかというと、歴史的に水害が少なくはなかった丸森町でとくに語られる明治三年の「サトージ嵐」を知ったから。サトージは、当時世間を騒がせた大泥棒の名前で、重ねた罪のために捕まって処刑される直前に、「お前らを恨んでやるからな」と言い遺した。そして、そのちょうど一年後に嵐が来て、大被害になったのだという。「サトージ嵐」は、おそらく唯一、この土地ならではの名前を持った水害であり、このような伝説的なエピソードとともに、とくに地元のお年寄りたちには広く認知されているという。

二〇二一年の丸森を歩くなかで、すでに町内でさえも被災の記憶が薄れつつあるという声を多数聞いた。それならば、今度の台風を語り伝えるための対話の場をつくりたいと思い、そのお題として、台風に名前をつけてみてはどうかと考えた。丸森で出会った人たちが、こんな突飛な発想を面白がってくれて、たしかにそういう場は必要だね、と言ってこの場に参加してくれたのはうれしかった。

かなりの無茶ぶりの場と思われた「台風に名前をつける会」だったけれど、最終的には、「大じゃくぬけ台風」「丸森の大じゃくぬけ」と言ったアイディアが出てきて、みなで納得し、よろこびあった。「じゃくぬけ」は、かつて丸森で使われていた崖崩れのことを表す古い言葉だそうで、その場に参加していた秀夫さんがふとした拍子に思い出したのだ。調べてみると、関東地方にも崖崩れを表す「蛇崩（じゃくずれ）」という言葉があるという。そして民話の中ではよく、蛇は水の比喩として現れるから、「じゃくぬけ」の「じゃ」も蛇として捉えてみてはという話にもなり、さらには、丸森で大蛇の伝説がある沼の跡地が、今回の台風で堤防が大破し、大量の水が流れ込む「おっぽり」が出来た場所と重なるという証言まで出てきたので、みな声をあげて驚いてしまった。

台風から二年。地球環境が変化し、これからはより自然災害が頻発するようになっていくだろう。わたしは丸森で聞かせてもらった大切な語りと、このまちで生まれた物語と一緒に出かけたいと思う。たとえば同じように災害に遭う遠い国の人びととも、交わすべき会話がある気がして。

（二〇二一年一一月）

第10章
特別な日

一一歳の八月一五日、わたしたち一家は自宅を解体していました。家屋疎開といって、来たる空襲による炎で延焼しないように、あらかじめまちの一帯を更地にしておくのです。その期限が、八月一五日でした。そのためご近所さんたちはすでに解体を終えており、わたしたちの家だけが残っていたので、みなさんが作業を手伝ってくださっていました。一ヶ月ほど前に、戦地に行っていた叔父が戦死したという報せが入り、祖父は叔父、つまり自分の息子の葬儀をこの自宅でやりたいと強く願っていたのです。

家の解体が進み、最後に残った柱はとても立派なものでした。わたしはそれ以前のことをよく知らないのですが、祖父の代から洋品店を始め、一時繁盛して、なかなかに大きくなった店でした。家業と日々の暮らしを支えた大黒柱に綱をかけ、それを引く大人たちの誰からともなく、南無阿弥陀仏南無阿弥陀仏という声が上がり、その言葉が連なっていったあの瞬間が忘れられません。あの時、わたしと一緒にすこし離れた場所からその様子を見ていた母も手を合わせていたので、わたしもまた母の真似をして手を合わせて、ぎゅっと目を瞑って祈りました。叔父さん、さようなら。わたしたちの家、さようなら。ズズン……柱が倒れる低い音がして、高く上がった土煙を呆然と見つめていると、やがて、スッキリと晴れた青空が現れました。そのあっけなさが、幼心にもひどく悲しかったのを覚えています。

そうして早いうちに作業が終わり、まさに出来立ての更地で、手伝ってくださったみなさんにすいとんを振る舞っていたときのことです。すいとんは当時のごちそうでしたが、母はどのようにしてあの材料を調達してきたのでしょうか。久方ぶりに、そのつゆには何種類かの具が浮かんでいて、穏やかな歓談のひとときがありました。

そこでわたしたちは、ついに戦争が終わったことを知るのです。誰がどこから持ってきたのかわからないラジオが、ザーザーとひどい雑音を響かせていました。そして、途切れ途切れに聞こえてくる声を繋ぎ合わせるようにして、その語りの意味を拾い上げた大人たちが順々にくずおれていき、肩を震わせるのです。そのときのわたしは、何が起きているのかさえよくわかってはいませんでした。でも、ただならぬ事態だということは感じていたと思います。ラジオの放送が終わり、その場にしゃがみこんだり天を仰いだりしている大人たちの姿を、わたしは黙って見ているしかありませんでした。

そのとき、隣にいた母が、戦争が終わったよ、とつぶやいたのです。

更地から、わたしたちの戦後が始まったのです。元の土地の半分以上が道路に取られることになったので、残った土地に建てた細長い小屋で、わたしたち家族は暮らしました。祖父は町内の外れに残ったちいさな家に篭りがちになり、毎朝毎朝、叔父のために長いお経をあげていました。

父は戦争から帰ってきましたが、母とふたりで働きづめになりました。わたしが夜起きると、いつも仕事部屋から明かりが漏れていて、カタカタとミシンが動く音が聞こえてきました。経営していた店で雇っていた従業員たちと一族の生活がその両肩にのし掛かったために、父はつねに強張った顔つきをしていました。それまでの、とても柔和な顔をした、ときに冗談を語って笑わせてくれる朗らかな父は、すっかりいなくなってしまったのです。

あの日から何日経っていたのか定かではありませんが、戦争が終わってから初めて学校に行った日のこと。わたしが大好きだった若い女の先生が、黒板に大きく、自治、という二文字を書きました。当時はその意味がよく掴めていませんでしたが、これまでとは何もかもが変わるのだ、ということはわかりました。

教科書の墨塗りもしました。さあ、違う世界が始まる。これまでのことは、もう忘れてしまわなくては。先生の指示で、教科書の文字を一行一行塗りつぶしている時、わたしはとても無邪気でした。あちこちが黒く染まって見えなくなるのを、どこか清々した気持ちで面白がってもいました。そのうちに、確かにそこにあったはずの言葉たちが、身体に刷り込まれるように繰り返し語られた物語が、わたしたちが生きた過去の時間が、真っ黒に染まって、見えなくなっていきました。その途方のなさには胸が詰まりました。墨の匂いが鼻の奥にツンと沁みて、わたしはぽろぽろと涙を流しました。

それから大人になったわたしは、物語を強く求めるようになりました。確かさを探して歩き、出会った人びとに尋ねるのです。あなたが本当に大切だと思う物語を教えてください。かつて祖先から伝え聞いた話を聞かせてください、と。やはり本当のことは強いと思うのです。

*

ぼくは、東北の村々を歩き、民話を聞き、記録を続けている方にお話を聞きました。彼女はとても凛とした人で、見ず知らずのぼくを自宅に招き入れ、一一歳の頃の記憶について話してくれました。ぼくは彼女に、とても会いたかったのです。新聞記者という職業を選び、日々の取材に追われているぼくは、五〇年あまりもの間、何かに突き動かされるように祖先の語りの記録を続けている彼女に強いリスペクトを抱き、憧れているのです。

しかしぼくは、彼女の話を聞いて大変感激する一方で、どこか落ち込んでもいました。ぼくには、職業的な立場上、取り組めていないことがたくさんある。いくら話を聞かせてもらっても、本当に大事だと感じたことは、新聞には書くことができない場合がほとんどなのですから。こんなことは、言い訳のように聞こえるかもしれないですが。

なぜ彼女に一一歳の記憶を尋ねたのかといえば、ぼくの人生史は、一一歳の頃に体験した阪神・淡路大震災がつねに軸となっているような感覚があるからです。ぼくは、大阪で生まれ育ちました。一月一七日の明け方、地面が突き上げるような感覚で目を覚まし、慌ててテーブルの下に潜ると、両親が覆いかぶさるように守ってくれたという記憶から始まります。そして、そのまま起きてニュースを見ていると、長田地区の火災の様子が映りました。さほど遠くはない場所、いつか遊びに行ったことがあるようなまちで、大変なことが起きている。それなのに、ぼくは暖かい部屋でテレビを見ている。あんなに大きな地震があって、見知ったまちが燃えていても、大阪のまちなかは通常運転のようでした。当時通っていた小学校が進学校で、生徒が関西圏のあちこちから来ていたために、被害のひどかった地域に暮らす他学年の子か、もしくはその親御さんが亡くなったという話を、いつか先生から聞いたと記憶しています。また、通っていた塾の警備員さんを見かけなくなったなと思っていたら震災で亡くなったようだということ、そして、遠縁の親戚が芦屋の方で亡くなったということも、しばらく経ってから知ったのでした。こちら側にはふつうの日常があって、少し離れた向こう側には震災という現実がある。当時のぼくはこんな言葉を持ってはいなかったと思いますが、震災の数年前にバブルの崩壊も経験していたのもあって、幼心に、世界のもろさ、というものを感じていたように思います。

それからぼくは、被災したまちが復興していく様子を横目で見ながら育ってきました。とくに神戸は、大阪の学生たちがよく遊びに出かけるまちなので、友人や恋人と一緒にきらきらと明るい通りを歩き、楽しい時間を過ごす度に、ああよかったなあと、一一歳の一月一七日を思い出していました。とくに互いに口にすることはありませんでしたが、他のみんなも似たような感じだったのではないでしょうか。

大学を卒業し、ぼくは子どものころから憧れだった新聞記者になることが決まりました。そして、東京にある本社で新人研修を受けているときに、東日本大震災に遭いました。高層ビルならではの、大きく激しい揺れに驚きつつもなんとか机の下に潜り、パニックになった同僚たちの叫び声を聞きながら、ぼくはやはりあの日のことを思い出していました。

ぼくたちはその夜、会社が用意した車に乗せられて北上しました。緊張の隙間で寝落ちしたぼくが、上りつつある太陽の眩しさに目を覚ますと、窓の外にはぼんやりとした光に照らされた灰色のまちが、無残な姿で横たわっていました。風に運ばれてくる強い潮の香り、何もかもが混ざった不快な臭い、烟《けむ》る砂埃。そしてぼくたちは被災地のど真ん中で、車からポンと降ろされたのです。激しく緊張しながら、ぼくが初めて取材をしたのは、行方のわからない家族を探す男性でした。ぼくはまったくの新人で、あまりに無力でした。報道することの意義はもちろん頭では理解しているつもりだけれど、彼にいま話を聞くことが本当に必要なのか、確信など持てませんでした。何の役にも立たないぼくが話しかけ、立ち止まらせ、語ってもらうことで、彼を傷つけているかもしれない。いや、たぶん、絶対にそうだ。そのくらいのことは、当時のぼくにだってわかりました。低い声でぽつぽつと続けられる重苦しい会話が、とても申し訳なく、悔しく、居た堪れなかったのです。

それから数週間に及ぶ被災地取材ののち、ぼくはもともと赴任予定だった四国に移りました。そして、阪神・淡路大震災から二〇年のタイミングで希望を出して神戸に移り、今度は東日本大震災一〇年のタイミングでこちらに戻ってきて、取材を重ねているというわけです。ぼくは、あの頃よりはすこしだけ、自分にできることがわかっているつもりです。だから、話を聞かせてもらいたいのです。ぼくは、とても聞きたいのです。それで、ここにいます。

ぼくは自分が早口になりすぎているのに気がつき、ハッと顔をあげました。五〇歳ほど年の離れた、とても尊敬する人を前にして、自分自身の話をしつづけていました。長々と自分のことばかり話してしまってごめんなさい。ぼくにできることはあまりなくて悔しいのですが、とぼくがつぶやくと、長年村々を訪ね歩き、語りの記録をしてきた彼女は心配そうな目でこちらを見ながら、わたしもね、思いがけずあなたのお話を聞かせてもらって、ありがたいですよ、と言って頷きました。ぼくが、この人はいつもこうやって、人の話を聞いてきたのだろうなあと感じ入っていると、彼女はこう続けました。こっちの震災の話も聞きたいと思っているんですけどね、わたしは歳を取ってしまったから、あちこち歩けないの。必ず残さなきゃならない語りが出てくるのは、これからずっと先のことなのにね。

彼女の言葉に深く頷いたぼくは、できるだけ背筋を伸ばしてから、最後にひとつだけいいですか、と切り出しました。戦争が終わって八〇年近い時間が経ちましたが、残すべき語りとは何だったと思いますか。

ぼくの問いかけに彼女はうーんと首をひねり、宙を見つめて、わたしも戦争の話はだいぶ聞いてきたんですよ、でもね……と言ったあと、しばしの沈黙を選びました。時計の秒針が叩くコツコツという音を、どれくらい聞いていたでしょうか。それでぼくが、すみません、おかしな質問でしたね、と前言を撤回しようとちいさく息を吸った時、彼女は真っ直ぐな目で言いました。

それはまだまだ、聞きつづけないとわからないことではないかしら。

数日後、ぼくは、二〇一一年三月一一日に一一歳だったという青年に出会いました。その日は小雪交じりの寒い日でした。仕事の合間に趣味の釣りをしようと埠頭に立つと、隣にいた彼との世間話が始まりました。そこで、お兄さんは何をしている人ですか、と問われたので、最近は一一歳のときの記憶を聞いて歩いているのだと冗談交じりの口調で答えました。すると青年は、おれは二〇一一年に一一歳でした、と言いました。そして、あの日もこんな天気でしたね、と目線を空中に泳がせたので、ぼくはすかさず、あの日はどんな日だったのですか、と尋ねました。彼は、地震の揺れの直前の様子から、たんたんと話しはじめました。激しい揺れのなか、教室の斜め前の席にいた友だちと目が合って、すこし笑ったこと。校庭に避難するために廊下に並んだとき、ずぶ濡れの友だちがいたのでどうしたのかと尋ねると、めだかを飼っていた水槽が落ちてきた、と答えたこと。避難してきた住民らと一緒に小学校の屋上から、黒い、まるで巨大な壁のような津波を見たこと。そして、数日後に自宅跡地を見に行ったこと。おじいさんとの別れのこと。

青年の一言一言が辿る描写の細やかさにぼくが驚いていると、彼は、こういう話、あんまり人に話すことってないんですよ、と言って笑いました。最近はもうないんですけどね、あの日からずっと、毎日毎日、寝る前に思い出していたんです。おかげで自分は、あの日の出来事を忘れてしまうことはないっていう確信を得たから、別に話さなくてもいいかな、と思っていて。それに、おれみたいに直接被災した人が震災の話をすると、みんな気を使うから。彼は一気にそう話して、戸惑いつつも無言で相槌を打つぼくを特に気にすることもないまま、ぼくに問いかけました。

それよりも、お兄さんの一一歳の記憶を教えてくださいよ。おれは、聞きたいです。ずっと自分の記憶ばかり繰り返し思い出して、何度も何度もおんなじようなことを考えてきて、それが特別なことだと思いすぎてきたから。周りの人たちにも、特別なことだと思われすぎてきたから。正直、飽き飽きなんです。ほかにももっと大事な記憶もあったかもしれないのに、忘れてしまったような気がする。それがちょっと悲しい。だから、もう、あの人にも聞いてみたいんです。あの人でも、あっちの人でもいい。あなたが一一歳のときの、大切な記憶はなんですかって。

そう言ってあちこち指を差したあと青年は、五〇メートルほど離れた場所で釣りをしていた親子のもとへ駆け寄って行きました。ぼくが驚きながら青年の後を小走りで追いかけていくと、思いがけず親子はおだやかに青年を受け入れ、突然投げかけられた質問に、素直に首をひねっていました。

父親が、あなたはいま一一歳でしょう、何か大事な出来事はあった？　と息子さんに尋ねました。明るい緑色のパーカーのフードと、白くて大きなマスクの隙間から覗いている瞳がしばし揺れたあと、彼は、牛の頭骨のデッサンが描けたことです、と弾むような声で答えました。

それを聞いた青年は、わあ、それはすごいね、とうれしそうな声で言いました。そして、一瞬沈黙したあと、いつかその絵をおれにも見せてね、と言って、分厚い手袋をした右手で、目尻に溜まった涙を拭うのでした。

――

二〇二一年はずっと、現在一一歳の人から九二歳の人まで、六〇名以上の異なる年齢の人たちに、一一歳の記憶を尋ねていた。以前から話を聞きたいと思っていた知人を中心に声をかけて話を聞き、またその人に友人知人を紹介してもらう「友だちの輪」形式でひとつひとつ出会いを得てきた。そして、録音した声を聞き返し、書き起こし、語り手とやりとりを重ねてその文章を読み合わせる日々を送った。インタビューの内容は、基本的には一一歳の記憶を中心にしながらも、それぞれがこれまでに見てきた時代とその変遷、または家族や友人との関係性やエピソードなど、思い入れのある風景などにも及んだ。個々の人生史のかけらを不意に受け取ってしまうような時間は本当に得難く、とても豊かだった（ここでまとめた聞き書きやインタビューの映像などを中心に構成した作品『11歳だったわたしは』〈小森はるか＋瀬尾夏美〉は、せんだいメディアテークで開催されていた展覧会『ナラティブの修復』に出品した）。

なぜ一一歳の記憶を聞こうと思ったかというと、東日本大震災後の人びとの語りを記録してきたわたしなりに、ひとつの仮説を持っていたからだ。それは、一一歳前後、つまり小学校高学年の頃に体験したことが、その人の、その後の人生に大きな影響を及ぼすのではないかということ。なぜかはわからないけれど、わたしはこの一〇年間でよく、一一歳前後で体験したことについて考えつづけている人に出会ってきた。

「東日本大震災と自分の人生は切り離せない」と語る大学生。阪神・淡路大震災の記録活動の調査をしている研究者。戦争についての膨大な資料を収集しつづける語り部。みな一一歳で、その出来事に出会ったのだと教えてくれた。

前述の大学生は、東京の小学校で東日本大震災に遭い、強い揺れに怯えながらも、未曾有の出来事に対しては大人たちもなす術がないことを悟り、ただ子どもらしく無邪気にふるまうしかなかったと話した。子どもという立場だけれど、大人の気持ちも想像できる。何が起きたかはある程度理解しているけれど、自分だけではできることが少ない。悔しくても、悲しくても、困っていても、あるいはうれしくても、喜んでいても、うまく言葉で表せない。一一歳という宙ぶらりんになりがちな年齢で出会った出来事だからこそ、あれはなんだったのだろう、どうしたらよかったのだろう、とそののちも考えつづけてしまうのかもしれない。

このような仮説から始まった聞き書き漬けの日々だった。正直に言えば、「結局一一歳の何が特別なのか」と問われても、わかったことはあまりないのだけれど、これは大事だと感じたことがいくつかあったので、今回はひとつだけ書いてみる。

それは、一一歳という年齢を辿ろうとするとき、痛みの記憶が現れてくることが幾度もあったということ。大人になってしまうことへの怖さ。これまで通りの無邪気な自分には戻れないし、留まれないという不安感。同じ年齢であるために、ほぼ同時期に同じように不安定になるクラスメイトたちとの関係性に悩んだり、それまで気にならなかった家族の行動や言動が癇に障るのだけど、うまく話し合えずにぶつかったりもする。いろいろな事情が重なって、ふとした拍子に自殺をしようとした経験があると語った人は、六〇余名中六名ほどいた。

意識的にでも無意識的にでも、痛みの記憶が語られるインタビューの空間は、外のざわめきからは切り離されてとてもしんとしていて、どこか神聖な雰囲気がある。語り手と一緒にそんな場を持てたことへの高揚感はあるのだけど、後日、録音データを聞き返していると、匿名といえどもこれは書いていいことなのだろうかと考え込んでしまう。しかし、そう迷いつつも、これらが大事なものであると感じたからには、やっぱり書きたいと思う自分がいる。それに、もう語られたのだから。つまり、書かれることを前提とした場に託された言葉たちなのだから、むしろ、書くことを避けてはいけないのではという気がしてくる。語り手はきっと、試してみたのだ。自分の大切な記憶が、この人（聞き手であったわたし）を通して形になり、後世に残る可能性があるのだろうか、ということを。

それでわたしは、痛みの記憶については、語り手が感じた痛みの度合いが下手に矮小化されることのないように気をつけながら、あえて表現を和らげずに書いてみることにした。出来た原稿を語り手に送り、緊張しながら返信を待つ。その反応は様々だったけれど、結果的には、痛みの記憶を記述した部分について特別に言及されたものはなかったと思う。もしかしたら、語り手にとってはその記憶が身近すぎて特筆すべきことでもなかった、ということがあるのかもしれない。

一方で、こうしてあらためて文章になったものを読むと、よくここまで生き延びて来られたなあと思い、うれしくなりました、というようなお返事をいくつかいただいた。その言葉にホッとすると同時に、ひとつの問いが浮かんできた。わたしはこれまで被災地域で聞き書きのようなことをしてきたけれど、いつもどこかで痛みの記憶を描くことに躊躇し、ときには書かずに隠したままにしてきたのではないか。いま振り返ってみれば、痛いけれど大切な記憶を語ってくれた人たちにとって、わたしが選んできたその方法は、あまり誠実ではなかったかもしれない。これはおそらく、語り手の尊厳に関わる問題であるだろう。

語りを聞くときにいつも感じることだけれど、大抵の場合、語り手は聞き手よりも何枚も上手《うわて》で、聞き手がどこまでのことを引き受けられるのか、引き受ける気があるのかということを、語りの場に言葉を託しながらも試している。もちろん、それが引き受けられずに消えていくことがほとんどだと承知したうえで。だからせめて聞き手は、受け取ったものが大切な語りであることを正面から認識し、できる限り誠実なふるまいとは何かを問いつづけながら、相槌を打ったり、時には書いたり、語り直したりしてみるしかないのだと思う。

大人と子どもの端境期《はざかいき》にある、一一歳の記憶を振り返るという危うげな時間を、多くの人たちと過ごすなかで、わたしはそのことにやっと気がつく。痛みだって、その人を確かに形成する大切な一部だ。

さまざまな痛みの、あるいは痛みではなくても繊細な記憶を抱えながら生きる無数の人びとが、この社会でともに暮らしている。聞き書きの効用のひとつは、語り手と聞き手がやりとりを重ねるなかで、両者ともに自分自身に向きあいながら、さて、わたしたちはこの世界に何を残したいのだろうか、と思案する時間が持てることだと思う。またその結果として、当事者と非当事者、体験者と非体験者、わかっている者とわかっていない者というふうに単純化されたカテゴライズを解《ほど》く契機ともなる。共感したり反発したりしあうなかで、互いの複雑さをあらためて取り戻していく時間。それは、日本社会における〝特別な日〟(たとえば一月一七日や三月一一日、そして八月一五日など)を、あらためて個人の人生史の一部として捉え直すことでもあるかもしれない。

まったく違う体験をし、物事に対して異なる反応をする者同士が出会い、互いに聞き、書きあうことによって、またそれを物語ろうと試みるやりとりによって、対話をするための土台のようなものを、つくってはいけないか。

(二〇二二年一月)

第11章

ハルくんと散歩

今日はじいちゃんのお通夜なので、わたしの家はすこし慌ただしい。亡くなったのは母の父親で、母の実家は隣県にあり、お通夜やお葬式の準備は同居家族のばあちゃんと叔母がしてくれているから、母はとくにすることがあるわけではないようだけれど、何せじいちゃんは突然、あっけなく死んでしまったものだから、いつも冷静な母だって落ち着かない。そう思って様子を見てみると、母はいつもなら夕方に畳むはずの洗濯物を午後二時に畳んでいるわけだが、その手つきはたんたんとして普段と変わらないように見える。むしろ父の方が動揺している感じで、何をするでもないのに部屋の中をうろうろしている。父が動くと、父がいつも着ているTシャツの腹のところに大きく描かれたリアルな牛の絵も動くのだけど、その無表情が今日はやけに可笑しく思えて、わたしは少し笑ってしまった。お父さん、その牛よく見ると変だね、不思議と目が合わない感じでさ、とわたしが言うと、父は、ああもう着替えないといけないな、とつぶやいて二階に上がっていった。それで、わたしもそろそろ着替えようかとカーテンレールにかけられた就活用のスーツを手に取る。

すでにハルくんは母が用意した長袖の白いポロシャツと黒い短パンに着替えて、窓際の食器棚に寄りかかりながら、何やら自分のノートを見つめている。まるで格子状に線が引かれていて、その輪郭いっぱいに書かれたみたいな奇妙に角ばった文字たちは、ハルくんのものだとすぐにわかる。一一歳にしてはどう見ても下手くそだろうといえるその文字は、とはいえ、母の根気強い指導によってやっと彼が体得したものなのだし、見方によってはずいぶんかわいらしいとも感じられる。なにせわたし自身が、ハルくんの文字を愛でる甘やかしの姉である。描かれている文字はテレビの出演者の名前がほとんどで、ハルくんは、日々テレビで気になった人物を見つけると番組表と照らし合わせてその名前をノートに書き写し、母の手を引いてその漢字の読み仮名を記入してもらい、父のお古のタブレットで検索して、その人の写真をあれこれ眺める。言葉で語ることのほとんどないハルくんのルーティンは、いったい何のために、どうしてそれをやっているのかはもちろんよくわからないし（いや、わかってしまうような気もするんだけど）、そもそもこれがどのような手順で行われるのかさえ、彼の日常を注意深く観察することでしかわからない。とはいえ、姉としてわりと身近にいるわたしだって、ハルくんのルーティンを正確に理解しているかといわれたら怪しいという自覚があるので、まあこのくらいのところまでは解明されていると思われます、というふうなものだ。

　ともかくルーティンを愛するハルくんからすると、特別な日というものは好きなんだけど、同時にすごく苦手でもあるんだと思う。たとえば、ハルくんはクリスマスや誕生日に、家族全員揃ってケーキを食べることをとても楽しみにしている。でもだからこそ、それがハルくんの思い描くイメージでなされないと大騒ぎになってしまう。用意されたのがチョコレートケーキではなくフルーツタルトであったとか、家族の誰かの帰りが遅くなって同席できないとか、そういう誤差のようなひとつひとつが彼にとっては大事件である。そんなことが起これば、ハルくんはパニックを起こして自分の頭をバンバンと叩き大声で叫ぶし、それを注意されると、今度は行き場のなくなった怒りで自分の右手の人差し指に噛み付く。だからハルくんの人差し指の付け根は皮膚が分厚くなっていて、他の指よりも太い毛が生えている。いうなれば年中行事だって、ハルくんにとっては、ルーティンとしてやらねばならない（やれないなんてとても耐えがたい）ことなのだろう。

　それでいうと、人が死んでしまうなんて本当にイレギュラーで特別なことだ。ハルくんは普段着ることのない白いポロシャツと黒い短パンが出された時点で、今日が特別だということは察知しているんだろうし、さらにこの後お通夜やお葬式という未知の場に連れていかれるなんて、ずいぶんストレスを感じるんじゃないか、と姉はハラハラしている。イレギュラーなことが起きた日の夜など、ハルくんはいつも大暴れになってしまうのだから。

とはいえ、じいちゃんがハルくんのルーティンに登場したのは、お正月にみんなでご飯を食べるときくらいだし、彼の生活に大きな影響はないのかもしれないけれど（なんて言ってしまうとじいちゃんは悲しむだろうか）。しかし、もし仮に同居家族の誰かが死んでしまったりしたら、彼の世界は一体どうなってしまうのかと思うとゾッとする。とくに、母が合図を出さなければお風呂にも入れないし、歯磨きも始められないハルくんである。もし母が倒れでもしたら、なんて縁起でもないことが頭をよぎるが、ハルくんと暮らす者にとっては、こういった想像をすることが日常だったりもする。日々、ハルくんの生活がわりと安定して営まれていることの方が奇跡だと感じております。神様仏様、ありがたや。

せめてイレギュラーな大イベントの前の息抜きにでもなればとわたしは思って、ちょっと散歩に行こうか、とハルくんに声をかけた。ハルくんはちらりとこちらを見て、一瞬眉を寄せて悲しげな表情になったがまた元に戻ると、出かけることを理解したのか決めたのか、さっそくいつもの上着を着て、わざわざ靴べらを使ってよれたスニーカーを履き、玄関を出ていく。母が、あら、いってらっしゃい、三〇分もしたら戻って来なさいよ、とわたしに告げる。わたしはスーツを戻してハルくんを追いかける。

ハルくんは家の前の道路で軽く耳を塞いで、歌う準備でもするかのように、自分の身体からどんな音程が出るのかを試しているかのように、あーあーと声を出していた。やっと靴を履いたわたしがハルくんの背中を軽く叩いて、じゃあどっちに行く？　と問うと、ハルくんは律儀に右手を顔の前まであげて、細い路地の住宅街の方向を指差してから、ずんずんと進んでいく。コンリートと柔らかいスニーカーのゴム底がぶつかって、ターンターンと高い音を立てている。鼻の詰まったようなうめき声とも取れる声と、笑い声を交互に発しているハルくんの五メートルほど後ろを歩きながら、わたしは、今日はすっかりと晴れて気分がよいなあと気楽な気持ちになっていた。

こんな風に日差しがきれいで暖かくて、じいちゃんも嬉しいんじゃないの。なんて適当なことを考えていると、おとといの午後、家でひとり過ごしていたら固定電話が鳴って、その相手がばあちゃんで、おじいちゃんが死んじゃったかもしんないよ、と告げられたときの、あの声の緊張感が思い出された。ばあちゃんからの急な電話の時点で、すでに嫌な予感はしていたのだ。手短なやりとりだけで通話が終わり、わたしは母にメッセージを打った。その後、どの時点でじいちゃんの死亡が確認されたのか、わたしはよくわかっていないけれど、その日のうちにはお通夜の日取りが決まっていた。

あっけないものだなあと思う。急に倒れてそのままだったようだから、あまり長いこと苦しまなくて、その点はよかったのかもしれない。定年で仕事を辞めて家にいるようになってからのじいちゃんは、暇を持て余してゆっくり気力を失っていくような感じで、早くポックリ逝きたいというのが口癖になっていたそうだから、有言実行になってすごいなとは思う。だけど、もうすこしじいちゃんと話してみたかったような気もしてくる。祖父母の家に遊びに行くと、いつもソファの左端に座っていたじいちゃん。ばあちゃんに、雨戸を閉めるくらいしかやれることがないと嫌味を言われて、ふふん、と苦笑いをしていたじいちゃん。じつは会社ではそこそこ仕事ができて、部下に慕われていたというじいちゃん。孫の中ではわたしが一番年長だから、じいちゃんと写っている写真も多い。なのに、わたしはあんまりじいちゃんのことを知らない。

思えば、ハルくんはじいちゃんと一緒に出かけたことすらないんじゃないか。そういえば、じいちゃんは、ハルくんのことをどう思っていたんだろう。おそらくばあちゃんは、ハルくんが喋らないと知ってから、彼に対してずっと困惑している。わたしはそれが、ちょっと気になってしまう。じゃあ、じいちゃんはどうだったんだろう？　聞いてみたかったような気もするし、聞かなくてよかったような気もする。

ハルくんが大きな声を出したので顔をあげると、分かれ道の前できっちりと立ち止まって、不満そうな顔でこちらを見ているのと目が合う。うーん、どっちがいい？　あんまり遠くに行きたくないから、右かな、ハルくん、次は右ね、と言うと、ハルくんはすこしはしゃいだように跳ねて、また大きな足音を立てて歩き出す。わたしはそれを見て、あ！　と思う。すぐに小走りでハルくんに追いついて、軽く手を引く。多分ハルくんはスーパーに行って、何か買ってもらうことを期待しているんだけど、そこまでしていると時間切れになりそうだということに気がついたのだ。

わたしはハルくんの肩に腕を回して、まあまあ、今日はジュースでも買って帰ろうか、と言ってグイと方向転換をし、自動販売機を指差す。ハルくんは歓喜する。どれがいいかと尋ねると、いつもと同じペットボトルのお茶がいいみたいなので、せっかく一六〇円も払うんだからちょっと珍しいジュースでも選べばいいのにとわたしは思うけれど、一度決めたらこれしかないのだというハルくんの意志は固い。お望み通りのお茶を手に入れると、ハルくんはその場で跳ねながら、すごい勢いで飲み始める。わたしはあれこれ迷った末にコーラを買った。一口飲むかと尋ねても、ハルくんは決して飲まない。本来、ハルくんはコーラが大好きなはずだけど、自動販売機で買うものはお茶と決まっている。だから、何がいいかと問うことすらもはや必要ないんだけど、もしかしたら今日は特別かもしれないし、と思って、わたしは毎回尋ねてみる。

あっという間にお茶を飲み干したハルくんは、空のペットボトルのラベルを剥がし、向かいのコンビニに堂々と入っていって、きちんと分別してゴミ箱に捨てた。帰り道はハルくんと手を繋いで歩く。右手の人差し指の皮膚が固いのが伝わってきて、なんてかわいそうな指だろうねえ、とわたしは思う。いちおうときおり話しかけるけど、ハルくんが応答することはほとんどないので、わたしは再び、そんなに多くはないじいちゃんとの思い出をあれこれ引っ張り出しながら、その合間に忌引きで休んだバイトのことや大学のこと、好きな人のことなどを考える。ハルくんといる時間は、すごくひとりになれる。わたしがハルくんを好きな理由のひとつは、これなんだと思う。

我が家が見えてくると、ハルくんはわたしの手を振りほどいてダッシュして、玄関に飛び込んでいく。独特なイントネーションの、ただいま！（「だ」を高く大きく発音する）という声が響いている。わたしはとくに歩く速度を変えることなくコーラを飲み干してから帰宅して、着慣れたスーツに着替えて髪を束ねる。そろそろ出るぞ、と二階から父の声がする。中学校の制服姿の妹がのろのろと階段を降りて来て、何やら大荷物を抱えた母が居間から出てくる。みんなが慣れない革靴を履いて外に出たので、わたしは玄関の鍵をかけた。

さあ、じいちゃんに会いに行くよ。正月に会って以来だから半年ぶりか。それにしても急だったね。でも苦しまずに済んだんじゃない？　それならまあ、よかったのかな。ばあちゃんは大丈夫かな。おばちゃんの方が落ち込みそうね。猫はびっくりしてるかなあ。ね、どうだろう。ね。

わたしたちは一見そつなく会話をしているみたいだけど、実はそれぞれがハルくんに話しかけているような形をとりながら、空振りの相槌を打ちあっている。おかげで、みんなひとりぼっちのまま、今考えるべきことを思い思いに頭に浮かべながら、近しい人のお通夜に向かうことができる。じいちゃんとそれぞれが持っている距離感を大事にできる、この感じがいいのだ。ハルくんはまた軽く耳を塞ぎ、タンタンと高い音を上げながら地面を蹴っていて、玄関の前から動かない。妹が駆け寄ってハルくんの肩をポンと叩き、これからバスに乗るんだよ、と伝えると、ハルくんは目を大きく開け、顔をくしゃくしゃにして笑う。ハルくん、じいちゃんが死んじゃったんだよ。お通夜では騒がないでね。妹が人差し指を口に当てて、しーっと息を吐くと、ハルくんは歓喜の雄叫びを上げながら、ズンズンと歩き始める。黒い服を着たわたしたちは、笑いながらバス停に向かう。

お通夜とお葬式のハルくんはお経のリズムにノリノリだったので、わたしと妹は笑いをこらえるのに必死だった。

その後、じいちゃんの位牌が納められた仏壇に手を合わせることが、無事にハルくんのルーティンに組み込まれた。祖父母の家を訪ねると、ハルくんは毎度同じ手順をきちきちとこなしてお線香をあげる。そして、目を瞑って手を合わせたあとは、決まって叔母におやつをねだりに行く。じいちゃん、よかったね。こんな感じで、ご勘弁くださいませ。

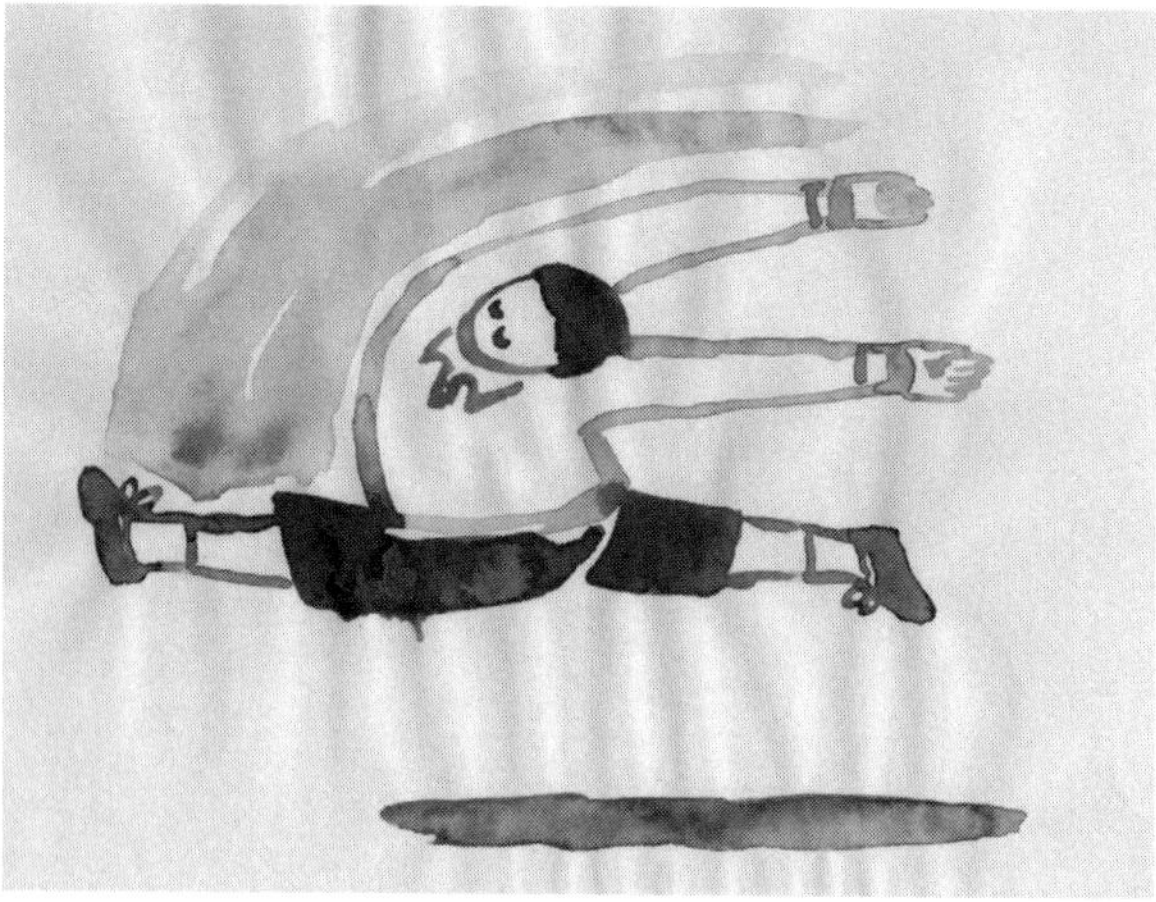

わたしの家は〝語らない〟人を中心に動いている。以前もすこし書いたけれど、わたしの一〇歳年下の弟、Hくんは、いわゆる日本語言語を話すということがほぼない。とうに成人しているのだけど、医師にはだいたい三歳児と同じくらいの知能だと言われているらしく、おそらく言語というものをほとんど持っていない。Hくんは、簡単な、でも限られた単語の意味は知っていて、何かやりたいことや欲しいものがあるときには、動きや感情を交えながらそれを訴えるので、わたしたちは彼の要求に答えたり、あるいは注意したりと反応を返す。Hくんはそれに一喜一憂するのだけれど、感情が発露するときはだいたい困惑の表情が前面に出る。眉をひそめ、下唇が軽く出ている。嬉しくても楽しくても悔しくても怒っていても、どこか困っている。Hくんは人間と関わるとき、現行の人間社会の枠組みに触れるとき、とても困っているように見える。困惑を越えるとパニックを起こして暴れてしまうのだけど、Hくんだってそんな風にしたいわけではないだろう。反対に、静かな場所にひとりでいるときは落ち着いていて、とくに公園や山の中など自然が多い場所にいるHくんは、ゆったりとして、力が抜けているような気がする。

　Hくんが何を考えているのか、どう感じているのか、たぶん本当のところは誰にもよくわからない。最もHくんのそばにいて、身の回りの世話をしてきた母はよく、Hくんは幸せに生きているからそれは恵まれたことだよね、と言っている。わたしはそれに同意する。確かめようはなくとも、きっとそうなのだろうと思うからだ。けれど、Hくん自身が自分は幸せだと口にすることはないし、そもそも彼は幸せという言葉自体を知らないだろう。もしかしたら前提として、Hくんは家族と同居して暮らすこと、――それはつまり最小の人間社会で生きていくことでもあるので、そのこと自体に困惑があるのでは、とも思う。だけど、家族として長い時間をともに過ごしているわたしたちとしては、それでも彼が〝幸せそう〟だと思えるし、その感覚を共通の真実として信じているような気がする。

　もちろん、彼が〝幸せそう〟に見えないときは、その要因をそれぞれが思案し、やれそうなことを見つけられればやってみる。とくに母は、Hくんがより楽しく、幸せに生活できることを願いながら、とりわけ彼が一〇代の頃までは、やれることはやり尽くそうとすごく努力していたと思う。こんなに喋れないHくんだもの、もしかしたら何か特別なものが授けられているかもしれない。そうでなくても、せめてもう少し、できることを増やしてあげたい。一番身近にいる親が諦めてしまってどうするの。どうしたって〝親亡き後〟が頭をよぎる子育ての日々に、母は手探りで向き合ってきた。わたしたちは、そういう母の試行錯誤の積み重ねを身近で共有してきたからこそ、Hくんは〝幸せそう〟だ、きっとそのはずだと信じていられるのかもしれない。それに、そうでなければ、自分たちも安心して暮らすことができないから。

不安定なHくんと暮らすためには、生活の中にいろいろと守らねばならないことがある。たとえば二〇時に見たいテレビ番組がやっていたとしても、それがHくんのルーティンに反するチャンネルであれば、まとまった時間見続けることはできない。おかずを取り分ける順番も使う箸の色も、Hくんが思い描くものと違えば悲しい顔をされてしまうし、空いているからと言っていつもと違う席に座っているのが見つかれば怒りを買う。そういった細かな、一見どうでもいいような、だけどちゃんと守ろうとするとけっこう面倒な制約が、朝から晩まで、家中のいたるところにあるのだ。もちろん家族で外に出かける時も、気軽にどこへでも行けるはずはない。訪問先は、突然跳ねたり叫んだりするHくんがある程度受け入れられる場所を選ばなきゃならないし、何より彼自身がよしとするルートや行程を組まないといけない。わたし自身は実家を出て一〇年以上経つのだけれど、ときおり帰ると、やっぱりHくんと暮らすのはかなり大変なことだよなあと感じる。せっかくHくんのお望みに叶うために、たくさんの制約の中で暮らしているのだから、彼には幸せであってほしいとわたしたちは切に願う。

一方で、Hくんにとってそのルーティン的なもろもろの行為は、〝お望み〟なんてポジティブで甘っちょろいものではない。ほとんど言語を持っていないHくんは、それらで日常を埋め尽くすことによって、ぎりぎり安定しているのだと思われる。言語がないということは、不安定な舟に片足で立っているくらい大変なことなんだって、と母に聞いたことがある。おそらく、人間社会で暮らすHくんは、いつもとても困っている。だけど、人間社会で暮らすしか、彼に生きていく道はいまのところないだろう。だから、身近にいるわたしたちは彼を手伝いたいし、同時に、そうしなければわたしたちも日常を送れないのだ。

もっと我慢できるように躾けられなかったのか、というご質問もあるかもしれないけれど、自分たち自身も生活していかなきゃならないなかでやれることはやってきたつもりだし、近頃はHくんも大人になり、(束の間かもしれないけれど) わりといい落としどころを見つけて安定した同居生活が送れている状態にある、というのが、わたしたち家族が共通して持っている感覚だと思う。

すこし話が逸れるけれど、〝語らない〟Hくんの感じていること、思っていることをなんとか察して、それを代弁して誰かに伝えなければならないような場面が、わたしたちにはたくさんある。だから、当事者が語ることだけが真実である、代弁できるなんて思ってはいけないという考え方自体はよく理解できても、わたしたちには、実際の生活はそれでは成り立たないという実感と、すでに積み上げてきてしまった実践があるために、安易に共感することは難しい。もちろん、代弁してしまうことへの葛藤や迷いはある。でも、現行の人間社会は、家族なり近しい人間が〝語らない〟人の語りを引き受けなければどうにもならないことばかりだ。もちろん、わたしたちはできる限りHくんが不幸になってしまうようなことは避けてきたつもりだし、これまで彼の声を代弁してきたことによって、よいこともたくさん起きた（と信じている）。もうひとつ言えば、そもそも〝語らない〟というのは、日本語言語で人間社会を動かしている側の感覚であって、Hくんなりに語っていることもあるのに聞き取れないだけなのかもしれない。いや、そもそも彼には言語がないようなのだから語れないのか……正直、それすらも本当のところはよくわからないのだ。

いまのところわたしが思う〝語らない〟Hくんと一緒に暮らすコツは、彼をそんなにわかろうとしないことに尽きる。基本的にはただ隣にいる。ときには言葉のようなものでやりとりもするけれど、それが大した意味をなしているとは思えない。それよりは、一緒に手遊び歌をやったり、流れている音楽に身体を揺らしたり、または背中をくっつけたりしている時の方が何か通じ合っているような感覚があるし、その時間は楽しい。

もちろん、どんな他者とだって、ともに暮らしていくことには大変さがある。お互いわからないなあと感じながら、でも折り合いを探りながら、日々を重ねていく。その時々の面白さに賭けたっていいんだと思う。


（二〇二二年二月）

第12章
しまわれた戦争

ほかの家でも同じかどうかはわかりませんが、いや、これは家族の中でもわたしだけの感覚かもしれないのですが、祖父母、とくに祖父はわたしにとって、〝戦争〟と切り離せない存在でした。戦争というのは、第二次世界大戦のことです。こんな言い方をすると祖父がちょっとかわいそうですけれど、同じ家の中に祖父がいるだけで、どこか空気が重苦しい感じがありました。そして、その重苦しさは、わたし自身は体験したことのない、あの、戦争というものとつながっていた気がするのです。いや、もしかしたら当時はそんな風には感じていなかったかもしれません。それが、大人になって祖父のことを思い返しているうちに、わたし自身の認識が変わっていっただけかもしれない。

それでね、あの重苦しさはなんだったのか、その中心にいた祖父はいったいどういう人だったのか、いま一度考えてみたいと思うんです。だって、また戦争が始まってしまったから。もう二ヶ月以上も経ちますか。つい早いなあと思うけれど、戦地にいる人びとからしたら、きっと絶望的に長いのでしょう。それがまだ、終わる兆しが見えないなんて。

あの日、わたしは遠方の仕事相手とオンラインミーティングをしていました。だいたい用件が済んだ頃、携帯を見たその人が速報に気づいて、ふたりで、えーって叫びました。恥ずかしながら不勉強で、わたし、こんなことが起きるなんてぜんぜん思っていなかった。それから毎朝、今日こそ終わっていないかなと念じながらテレビを点けるんですが。毎日たくさんの人が殺されてしまって、まちも建物も次々と焼かれて、あたり一面灰色になって。攻撃されたまちの名前を検索してみると、どこもすごくきれいなんですよね。それで、こうなる前に一度行ってみたかったなって思ったりして。まあこういう話は、いまするこ とではないのかもしれませんが。

この前ラジオで、いまも戦地に残っている人が、復興するときにまた力を貸してくださいと言っていて、胸が苦しくなりました。いつになったら、彼らが復興に専念できるんだろうって考えてしまって。

一一年前、津波で流されたまちを見たお年寄りたちが、まるで空襲のあとみたいだって話していたのを覚えています。あるおじいさんは、自衛隊員に支えられて壊れた家から出てきたときに、大丈夫です、また再建しましょう！　って笑っていて、わたし、その姿にすごく救われました。戦争もチリ津波も経験した人たちは、その度にまちを作り直してきたんだなって。そのおじいさんも、何年か前に亡くなられたみたいですけれど。もうずいぶん時間が経ちましたから。おかげさまで、まちもすっかりきれいになりました。

わたしね、戦地で何百人もの市民が避難していた劇場が爆撃を受けたってニュースを見たときに、同じように何百人も避難していたのに津波で流されてしまった、あの海辺の体育館のことを思いました。人災である戦争と天災は違うって言うけど、わたしは天災の悲しみを知っているからこそ、あの人たちの悲しみが、すこしは想像できる気がするんです。それは、そんなに悪いことじゃないと思う。

でも、やっぱり戦争と天災の違いっていうと、戦争の方が、より人間の悪い面が見えてきますね。信じがたいような悪行が報じられてきて、本当に目を覆いたくなる。それでも、毎日毎日、え、こんなことも、え、ここまでやるのって驚いているうちに、人間は根源的に、こういうことをしてしまう存在なんだろうなって思うようになりました。わたしだって、あなただって。状況が状況だったら、同じことをやってしまうかもしれない。もしかしたら、わたしの祖父だって。あなたのおじいさんだって。

ついね、そんなことを考えてしまう。

そう、それで今日は祖父の話をしてもいいですか。あなたに聞いてもらいたくって。

わたしの祖父は、語らない人でした。いいえ、正確にはよく語る人だったのかもしれません。でも、すくなくともわたしは、祖父の話をちゃんと聞いたことがない。

祖父は、戦地から帰ってきた人でした。身体がちいさかったためになかなか召集されなかったけれど、敗戦の間際に令状が来て、南方の島に送られたそうです。たぶん、悲惨なものも見てきたはずだけど、その経験が詳しく語られることはなかった。いや、すこしは語っていたんですよ、断片的に。ジャングルの中の細い道とか、積み上げられた死体とか。繰り返し同じようなフレーズを口にしていたと思う。

よく戦争から帰った人は口が重い、なんて表現を聞きますが、うちの祖父はそれとは別の理由を持っていました。祖父は四〇代で事故に遭い、以降、脳に障がいを負っていた。だからわたしが生まれた頃にはすでに、祖父はのろのろとしか動けなかったし、会話は支離滅裂でした。母は、祖母、つまり義母が亡くなってからずっと祖父を介護していたので、晩年の祖父をよく知る人です。その母に言わせると、祖父はいつも長々と話をしていた。でも、その言葉は断片的で、混乱していて、同じ内容をひたすら繰り返すようなものだから、とても聞いてはいられなかったのだと。

わたし自身もそういう認識です。祖父はいつも何かをぶつぶつとつぶやいていていました。たしかに戦争に関わる言葉や、エピソードの断片みたいなものもあった気がするんだけど、わたしたち家族は、日常の中にそれが持ち込まれることを、どこかで疎ましく感じていました。せめてちゃんと聞き取ることができれば、聞く価値があるんだから、とも思えたんでしょうけれど。よく意味が掴めない、むやみに暗い話の断片に、日常的に付き合うことは難しかった。

祖父のつぶやきは聞き取ろうとしても声がちいさすぎたし、ときおり必要があって質問すると、祖父は悲鳴みたいな、不安定な大きな声で、言葉を必死に引っ張り出すみたいにして話しました。でも、たとえそれを辛抱強く聞いたとしても、内容が支離滅裂であることに変わりはなかったし、制御できない身体で話すこと自体が、祖父にとっては疲れることだったのだろうと思います。祖父はだいたいそういう風に話をしたあと、自嘲気味に笑って、目の端に涙を溜めていました。なにかが悲しくてそうなるのか、どこか痛いのか、ただの生理現象なのかはわかりません。ただ、その姿はすこし切なかった。

そういう祖父の涙を、最後に見たのはいつだっただろう。ちょうど二〇年前、祖母が亡くなった後あたりでしょうか。これは単純に、わたしが最後に祖父と対峙したのがその頃だった、というだけなのですが。祖母が亡くなったのは、わたしが小学五年生の冬で、その後わたしが、中学、高校と進んでいくなかで、祖父との関わりは薄れていきました。

幼い頃は、けっこう一緒にいたんですよ。うちは二世帯住宅で、一階に祖父母の部屋があって、二階にわたしたち家族が住んでいました。母が働いていた時期もあったので、とくに祖母にはよく遊んでもらっていたし、とても好きでした。でも、祖父母の部屋に入るのにはちょっとだけ抵抗があった。他の部屋とは違う、饐《す》えたような臭いがするから。ふたりは物が捨てられませんでした。インクの切れたボールペン、ヨーグルトのカップ、飴の包み紙、ハギレやボタン。そういったゴミみたいなものをきれいに洗って、あちこちに積み重ねていた。

わたしたちの世代だと、戦争の頃は物がなくて大変だったっていうのが、祖父母の定番の語りだったでしょう。食べ物を残しちゃだめ、電気も水も節約しなさいって毎日聞かされました。いま思えば、だからあの部屋は暗かった。もったいないと言って、手元が見えなくなるまで照明を点けないから。

ふたりが見ているテレビも、ほかの部屋とは違いました。画面の中の演歌歌手は悲壮感に包まれているし、お笑い番組の再放送では、帰還兵に扮した芸人が軍歌の替え歌をうたっている。なんとなく暗くて、若い人にはわからないもの、という感じがした。それはきっと、戦争を知らない人にはわからないもの、という意味だったのだと思います。わたしは祖父母のことがとても好きでしたが、ものであふれたあの薄暗い部屋の、生ぬるい空気は苦手でした。

祖父母はクリスチャンでした。教会で一緒のおばあさんたちがあの部屋に集まって、聖書を読んだり、歌をうたったりしていることもよくありました。わたしはそれもあまり得意ではなかった。とくに、薄暗い部屋に夕暮れの光が差す頃の、その情景はうつくしかった気さえするのに。みんな、おいでおいでと歓迎してくれるけれど、知らないおばあさんたちの中で、よくわからない歌をうたうのはいやでした。そういうとき、祖父は黙ったまま、ちょこんと座っていました。ときには、うとうとと気持ちよさそうに居眠りをして。

うちは、父方だけクリスチャンなんです。そもそもは、戦後に何かしらの宗教を持ちたかったという祖母が、ちょうど近所に教会が出来るからというので通い始めたらしくて。うちの祖母って素朴ないい人っていうか、あの時代のふつうの、ちょっと明るい女の人っていう感じだった。だから、そんな祖母が、信仰が欲しいと言って、自ら行動したこと自体が不思議といえば不思議なんです。広く世間的な現象だったのかはよくわからないんですけど、すくなくとも祖母の周りにはそういう人が多かったそうです。

けっきょく、そうして祖母と一緒に教会に通いはじめた祖父の方が、信仰という面では熱心だったように思います。わたしが幼い頃、祖父母と一緒の夕食の前には必ず、お祈りの時間がありました。祖父が例の悲鳴のような声を絞り出しながら、父と子と聖霊の御名によりて……と言って、重そうな腕をなんとか持ち上げて十字を切るんです。

それでね、祖父はわたしが大学二年生の時に亡くなったんですが、祖父は晩年、というか祖母が亡くなってから施設に入るまでの七年余り、押し入れの中にいました。

押入れって、あの押入れです。もちろん祖父はそこへ押し込められていたわけではなく、自ら居たんです。たぶん、仕事をするために。もちろん、そこで仕事はできません。祖父は事故に遭うまではちいさな町工場をやっていて、おそらくその名残で、押入れの中でも、いつも錆びた工具を持って何かを磨いていました。だから近しい人たちは、祖父のことを勤勉な人だと言っていた。だって、誰に頼まれなくとも、いつまでも働いているのですから。

　祖父の居た押入れは、もともと家族が居間として使っていた一階の八畳間にあって、祖母が亡くなってから家中の部屋割りを変えたときに、そこを祖父の個室にしたんです。祖父は部屋で朝ご飯を食べ終わると、その押入れに、毎朝出勤しました。押入れはいつも、ものでいっぱいでした。だけど、ちょうど祖父ひとり分のスペースだけ空けてあって、祖父はそこに薄い座布団を敷いて、足を伸ばして座っていた。

　わたしは何年もの間、祖父の部屋自体、覗いてみることもありませんでした。工具が擦れる音と、ぶつぶつと低い声が聞こえるあの部屋が、やっぱりちょっと不気味だったんです。祖父はただおとなしく、ひたすら勤勉に、そこで仕事をしていただけなのに。

　じつは一度だけその押入れを開けてみたことがあります。確か、わたしが大学一年生の頃、祖父が施設に入って間もなくのことです。

　家族がいない夕暮れ、わたしはそっと祖父の部屋の戸を開けました。ガランとして何もないその部屋からはあの饐えた臭いがして、なんだか懐かしく感じました。それから音を立てないように部屋に入って、祖父の押入れを覗き込むと、相変わらずわけのわからないものでいっぱいでした。わたしは、祖父の座布団に腰を下ろしました。薄い水色の花が描かれた座布団カバーは、かつて祖母が使っていたものでした。それが使い込まれてシミと毛玉だらけになっていて、触るとザラザラしていた。

祖父が居たのは、わたしが足を伸ばしてすこし狭いくらいの空間でした。座布団の周りには、工具や材料らしきものが置いてあって、たぶん仕事で使うもののすべてが、そのままの姿勢でも手に届くように配置されていた。そして、ちょうど右腕を伸ばしたあたりの床の上、祖父が座っていると外側からは見えないような場所に、広告の裏紙でつくられたメモ帳がたくさん積んであるのに気がつきました。上の方の数冊をめくると、びっしりと文字が書かれていた。ミミズが這ったような読みにくいものではあったけれど、あれは確かに文字でした。

その中で繰り返し書かれていたのが、どこかの島の名前だったっていう記憶があるんです。たぶんあれが、祖父が戦争中に行っていた島だったんじゃないかと想像しているんですが。いまはもう、その名前が、ぜんぜん思い出せない。

そしてもうひとつ、気になることがあったんです。ちょうど祖父が座っていた場所から見上げたあたりに、下から押し上げるタイプのちいさな窓があったのですが、その把手のところに、一〇センチくらいの人形《ひとがた》のシルエットを見つけて。立ち上がって見てみると、それは、何かの印刷物から切り抜かれた、薄っぺらなマリア様だった。
祖父はこれを見ていたんだな、と思いました。祖父はずっとマリア様に向かって話していた。マリア様に見守られながら、仕事をしていた。

こうして思い返すと、なにかけっこう大事なことだったんじゃないかなって気がするんですけどね。当時のわたしは、ふーんとしか思いませんでした。ましてや、祖父が亡くなって間もない頃、わたしと母は、押入れにあったものをすべて捨ててしまった。わたしがひとり暮らしの家を引き払って、祖父の部屋に住むことになったもので。

やっぱり祖父の持ち物は、わけのわからないものばかりでした。インクの切れたボールペン、ヤクルトの容器、鉄くず、赤く錆びた工具。だからわたしたちは、何を取っておくかなんていちいち判断するまでもなく、手に取ったものをどんどん捨てていきました。祖父が熱心に書いていたあのメモ帳に辿り着いたときにさえ、まあこれもいいよね、と言ってすべてゴミ袋に入れた。

それでね、わたしは最近の戦争のニュースを見ていると、祖父のことを思い出そうとしてしまうんです。祖父は、戦争の記憶を語りたかったんじゃないかって。いや、祖父はちゃんと語っていた。よく聞き取れなくても、日々のつぶやきはわたしたちに届いていたし、文字だってたくさん書いていた。なのに、ついに誰も、それを聞くことも読むこともしなかった。

祖父の言葉にどんな感情が込められていたのか。それが悲しみなのか、恐れなのか、懺悔なのかもわからない。あのメモにはどんな記憶が書き込まれていたのか。傷つけたのか、傷つけられたのか。後悔なのか、喜びなのかもわからない。

いまや母や父、叔母たちに聞いてみても、祖父が行った戦地の島の名前すら、誰も覚えていないんですよ。祖父は日々語っていたけれど、わたしたちは、祖父とともに暮らす日常の中で、それを聞く時間を持とうとはしなかった。

祖父は、何を抱えながら戦後を生きたのでしょう。わたしはいま、日々戦地から送られてくる映像を見ながら、祖父が見たかもしれないもの、されたこと、してしまったかもしれないことの細部をあれこれ想像してしまいます。

わたしたちが日常のちょっとした重苦しさなんか避けていないで、せめて祖父の話をよく聞いていれば。聞こうとしていれば。ちょっと大げさかもしれないけど、すこしは違う未来があり得たんじゃないかって思うんです。

だからわたしは、祖父が目尻に溜めていた涙と、あの薄っぺらなマリア様を探さなきゃなりません。

しまわれた戦争.

——

前回の原稿を書いたすぐ後に、ロシアによるウクライナへの軍事侵攻が始まった。連日多数の人命が失われ、うつくしかった街並みが破壊されていく戦地の惨状が伝えられている。いつか学校の授業で教わったはずのこと。テレビのニュースで日々報じられていたこと。誰かが悲鳴をあげるように語っていたこと。とても情けないけれど、わたしが日常の中で聞き流してきたあらゆるものごとが繋がって、いま目の前の映像に映る戦火の引き金になっていることを実感する。正直、最初の数日は起きていることの凄まじさにうろたえて目を伏せたくなった。でも、身近な友人がたんたんと状況を調べ、彼女自身の態度も表明しながらSNSに投稿しているのを見て、まずはわたしも学びたいと思い直した。

この戦争を考えるための特別な知識や専門性など持っていないわたしが、この現状を変えるための大きなアクションや〝正しい〟発言などなかなかできるものではない。そのやるせなさは確かにあるけれど、せめていま起きていることをできる限り見聞きして、自分なりに考えたこと、感じていることを言葉にしたい。

学ぶだけでも十分だけど、頼りなくても言葉として表現してみる。すると、身近な人たちと会話を始める契機が生まれたりするし、いまはSNSを通して世界中とやりとりができてしまうのだから、渦中にいる人びとに、離れた場所にいるけどちゃんと見ているよ、聞いているよ、という個人的な意思を伝えることだってできるかもしれない。

同時に、この言葉の積み重ねがちいさな記録になっていくのもまた大事なことであると思っている。もちろん現状を書こうとする言葉たちが正しいものかなんてわからない。けれど、だからこそ、現状の中で思考を続けて記述していく言葉たちが、いつかこの出来事が〝歴史〟になったとき、その未来を生きる人びとが当時の複雑さを想像し、彼らの生活に引きつけて思考するための一助になる可能性は、すこしだけある。

じつはわたしは、ひとりひとりが自身の体験と考えを言葉として表現していくことに、けっこう希望を持っている。ふだんから、過去を生きた人びとが生活を留めた記録物（戦争や災害などの特別な体験もあれば、ふつうの日常を記述したものもある。その表現手法は日記や手記、詩歌や絵画までさまざま）を読んだり、いわゆる市井の人びとにかつての体験や心情を語ってもらったりする時間を愛しているわたしは、きっと、いやもちろん、わたし／あなただってその担い手になれるのだから、と信じている。

わたし／あなたがこの戦争をどのように見聞きし、どう感じるか、どう考えるかなんて、世界にとっては取るに足らないことだと思われるかもしれない。けれど、そんなことはない。わたし／あなたがちいさくとも自ら表現をしていくことで、細いけれどもしなやかな連帯の糸がつながっていく。最近それを実感することがあったので、書き留めておきたい。

二〇二一年、友人たちと『10年目の手記――震災体験を書く、よむ、編みなおす』（生きのびるブックス）という本をつくった。この本は、公募によって全国から届いた、東日本大震災についての記憶をつづる手記と、それらを読み、どのように受け取ったのかを、手記に対する返信のように記していくエッセイを軸に構成されている。

「震災体験」と聞くと、どうしても〝当事者〟のものというイメージが強いけれど、この当事者という言葉が指す範囲はとても曖昧で、揺れ動くものでもある。たとえば大きな災害が起きると、被災の程度によって、当事者（≒被災者）か非当事者（≒非被災者）かという境界線が生まれ、人びとはふたつに分けられる。この振り分けはいささか乱暴ではあるけれど、実際には、家族や家を失ったり、ふるさとを追われたりして、手助けを必要としている人たちと関わるうえで必要な慎重さの現れでもあった。こうしていっとき便宜的に括ることで、そこから溢れて非当事者になった人びとは、当事者に対して何か手伝えること（自分なりの役割）を探し、動き出すことができる。語りに関しても同じ構造が採られることは多く、苦しみの中にある当事者の貴重な（社会的にも語る価値があると思えるような）体験を、非当事者が聞き手になって聞くことで、同じ被害を生み出さないための話し合いや検証を始めることができる。

そして何より、語ることは祈りでもあり、癒しでもあったはずだ。まずは当事者が語り、非当事者が聞く。この役割の振り分けは本質的に、災禍を受けて、立場や経験の異なる人たちが、まだ出来事から間のない時間をともに生きていくためのひとつの方法であった。

だから、発災当初、また出来事の渦中において、この括りはある程度機能していたのだと思う。けれどその後、時が経つにつれ、この括りによってさまざまな弊害ともとれることが起きてくる。たとえば非当事者は、あなたには震災に関わる資格があるのか、と問われ続けるうちに、自分自身が同時代で体験し、考えてきたことには価値がないと決め込んで、出来事について語ることも関わることもできなくなっていく。一方で当事者は、他者から求められる当事者像を演じつづけなければならなくなり、そこにもまたしんどさがある。

東日本大震災で被災した陸前高田とそのほかの場所を行き来していたわたしの実感としては、当事者（＝被災者）という言葉が、同時代を生きる人びとのコミュニケーションをどこか複雑にしすぎていることが気になった。ある頃からは、被災したふるさとを立て直すためにひとつひとつ話し合い、暮らしのための決断を重ねてきた当事者と比較して、非当事者の方が、むしろ震災の話題に対してセンシティブになっているようにも感じられた。

思い返すと、震災における非当事者が自分自身の言葉を語る場はあまりなかったかもしれない。東日本大震災という巨大な出来事が起きたとき、きっとみなが動揺し、感情が大きく揺れた。発災当時やその後の時間に離れた土地にいて、ニュースやＳＮＳで状況を見ていただけであっても、個人的な記憶と結びつけたり、情報を調べたりしながら、その痛みに共感し、露呈した課題に頭を悩ませ、想いを巡らせてきた人は多い。だから、語りたいこと、語るべきことは誰しもにあったはずなのに、自らを非当事者と位置付けた人びとの多くが、それを語れないままになった。発災当時になされたあの振り分けによって抑圧され、表に出てこられないままの語りが、まだひとりひとりの身体の中に沈み込んだまま残っている。

震災一〇年目に当たる二〇二〇年にはじまったコロナ禍で、わたしは遅まきながらも、それは結構まずいことだったのではという感覚を強めた。当事者か否かという境界がよりあいまいな疫病の流行、しかも長期的な災禍に遭って、語れないストレスが溜まってくると、社会全体がヒリヒリと苛立っていく。それでもなんとかみなが感情を抑えて日常を押し進めていくうちに、もっとも気遣われるべき死者を弔ったり、闘病中の人びとに想いを寄せたり、最前線で働く人たちの状況を想像したりするような、本質的な行為の方が大事にされなくなっていく。不全感に苛まれる中で、社会の空気も自分自身もそうなっていくのは、悔しかった。

自分の体験を語ること。他者の体験を聞くこと。そして話し合うこと。それらは、たとえば自分に語る資格があるのかを検討することよりも前に、誰しもにとって切実に必要なことだったのではないか。震災にしてもコロナ禍にしても、ある災禍によって傷ついたコミュニティを修復し、この先の未来をつくっていくには、互いに語らうことによってそれぞれが癒されながら、自分なりの考え方や立場を言葉によって位置づけていくことが必要だと思う。そして、そのやりとりを重ねていく先にこそ、語り継ぎや伝承がなされる可能性が見えてくる。

だとすればいま一度、当事者か否かに関わらずに、それぞれの震災体験を語り、聞き、話し合えるような場をつくってみたい。そんな想いから、二〇二〇年初夏、友人たちと一緒に『10年目の手記』の企画を立ち上げた。手記というメディアは、その本人がひとりきりになって書くものだから、他者との比較からはいったん抜け出して、それぞれがほんとうに語りたいことに向き合うのにきっといい。震災で直接的な体験をした人も、そうではないと感じている人も、自分なりの「忘れられない」「忘れたくない」「覚えていたい」ことを綴ってくれませんか。そう呼びかけてみると、全国からぽつりぽつりと手記が届いた。

初めの頃、茨城県からの応募が目立ったのは印象的だった。被災したけれど東北ではないし、比較すると被害は大きくないのだけど……という戸惑いの告白の後に、それぞれの経験が慎重に綴られていた。応募された手記は俳優に朗読してもらい、隔週で配信していたネットラジオ番組で紹介した。すると、その声に呼応するようにして、また別の手記が届く。徐々に、直接的に原発事故や津波の被害を受けた人や、震災当時子どもだった年若い人、西日本などの遠方の地に暮らす人からも手記が届き始める。なかには、阪神・淡路大震災や広島の土砂災害など、ほかの災禍の経験を持つ人もいた。また、〝あの日〟を契機に人生が好転した人もいたし、被災地の復興の歩みを自身の人生と重ね、支援することが人生の支えになっている人もいた。体験も反応の仕方も違うけれど、どれもが切実さと誠実さを持った語りであり、読めば新鮮な驚きがあった。あのとき、こんなことがあったんですか。この一〇年間そんなふうに生きてこられたんですね。声が声を呼び込み、出会い、ささやかなやりとりを重ねていく。

それぞれが持つ痛みの記憶は重苦しいものであっても、互いの違いを尊重しながらそれについて語り合い、聞き合い、共感できる部分を慎重に見つけていくことで、人びとがゆるやかに繋がっていく。このとき、痛みの記憶は〝媒介〟である。見知らぬ人の痛みに気づいて寄り添おうとし、やっぱりわからないと戸惑うこともある。また、思いも寄らなかった他者の感覚を知ることで、ふと身近な人に対する理解が深まることもある。

わたしたちはきっと、教訓を語り継ぐためだけに災禍を語るのではない。その瞬間は代え難く尊い。同時代を生きる者同士が語らうことで、互いの存在を理解するための解像度を上げ、この人を信頼したい、信頼できるという感覚を獲得しながら、ともに生きる友人になっていく。

ウクライナで戦火が上がり、二ヶ月が経つ。他者の、あるいは自分自身の痛みの記憶に向き合ってきた経験はきっと、思慮深さを保ちながら、遠方の地まで想像力を広げていくことの支えになる。ひとりの人間として、戦地で生きるひとりひとりを想いたい。もちろん、ほかの困難に直面している人びとのことも。

同時に、この戦争において侵略者たちが振るう凄まじい暴力と、それを支えてしまう道理の通らないシナリオ、そして各国が微妙な利害関係の中で選ぶ行動などを見ていると、翻って、わたしが日本国内で出会ってきた第二次世界大戦の語りたちは、あの語り方でよかったのだろうか、あまりに一面的だったのではないか、という疑問が湧いてくる（もちろん、ただ彼らが語らなかったのではなく、わたしが聞けなかっただけなのだと思う）。

敗戦からおよそ四〇年後の日本で生まれて、実際に戦地から帰ってきた祖父を持ち、戦争中は食料がなかったんだからご飯は残しちゃダメ、と口酸っぱく語る祖母と同居して育ったふ
つうの日本人のひとりであるわたしは、情けなくも、そもそもなぜその戦争が始まり、たくさんの人が犠牲になり、土地が焼かれ、先人たちが作り上げてきたまちや文化がなくなってしまったのか、その理由と経緯をきちんとは理解せず、腑に落ちないまま生きてきた。

祖父は戦争についてあまり語らなかった。祖母は空腹で辛かったと繰り返した。空襲に遭った親類はその恐怖を涙ながらに訴えた。村の古老たちは自分も当たり前に軍国少年だったと告白した。小学校の先生は、日本は焼け野原から立ち上がったのだと誇らしげだった。

戦時の苦労と、そこから再生した現在の日本を歴史物語として繋ごうとするとき、とりわけ日本側の加害に関わる語りは弾かれてしまっていたのではないか。もちろん、痛みに引き裂かれながらも自身の行ないを語った人もたくさんいたはずだけれど、その多くが（もしかしたら意図的に）見過ごされてきたのではないか。

八〇年近く時が経ち、体験者、とくに当時大人だった世代の大半が亡くなってしまってから、

やっとこんな問いに気づいてどうしたらいいのだろう。途方に暮れそうになるけれど、いまの時代を生きるわたし／あなたも、未来の人びとからしたら、かの戦争を語り継ぐ担い手のひとりであるのは確かなことだ。ならば、二〇二二年を生きるわたしたちはわたしたちなりに、できる限り丁寧に、真剣に、未来に手渡すべき語り方を話し合えばいいのかもしれない。

語られたことの陰には、語れなかったことがある。尋ねても聞き出せなかったこともあれば、聞くのが辛いから、面倒だからと聞き流されるうちに語られなくなってしまったこともあったはずだ。そういうものの断片たちが、いまもどこかに残されていないだろうか。

もしかしたらそれは、押入れの奥にしまわれた古い日記や、本棚に佇んでいる自費出版の手記集、あるいは地域史誌の片隅や記録映像の一コマに残されているかもしれない。その時どきの関係性や約束の都合で口には出せなかったけれど、ほんとうは言葉にせずにはおれなかったはずの痛みの記憶たちは、きっといまも何かの形で、この世界のどこかに刻み込まれているのではないか。

残された記録を探し出し、ひとりひとりが語り継ぎの担い手として、あらためて読んでいく。語られなかった、大きな物語から弾かれてしまった言葉たちを真摯に拾っていく。集まって、いま向き合うべき問いについて話し合う。あらためて、先人たちの語りの有り様とその背景を見つめながら、未来に手渡す語りを、思慮深く、軽やかに実践していく。

語り継ぐことは、つねに動的で創造的な試みなのだと思う。過去の記録を受け取り、思考しながら、それらを残した人びととのやりとりをつづけてゆく。そして、未来の人びとと手を繫ぐ。

痛みの記憶を語らうことで、同時代を生きる人びととつながることができる。連綿と続く語り継ぎの担い手のひとりとなることで、過去や未来の人びとと対峙できる。そんなふうにして細い連帯の糸でつながり、互いを友として、つきあっていく。

（二〇二二年五月）

第13章

ハコベラ同盟

——九九年前、この場所でおよそ三万五千人が亡くなりました。当時は広い空き地だったために近所の人たちがこぞって避難してきたようですが、持ち込んだ家財に火が点いてしまい、瞬く間に巨大な火の渦になって焼き尽くされてしまったそうです。

やさしそうなおじさんが口元のマイクを気にしながら、たんたんと恐ろしい話をしている。わたしはその声を受け取るイヤホンの音量を調整しつつ辺りを見渡して、いまは平和な公園だけど、ここはみんなのお墓なんだなあ、と思った。入り口近くのカラフルな遊具の周りには何組かの親子連れが集っていて、子どもたちが高い声を上げて走り回っている。その向かい側には手を合わせるための講堂があって、そのさらに奥には行き場のないお骨が安置されている納骨堂があるという。この場所を公園として楽しむ人たちがいる一方で、まっすぐに講堂へと進んでいく人がいる。ひとりきりだったり、少人数のグループだったり。静かに、しんみりとした感じで階段を上がっていく。亡くなった誰かの関係者なのだろうか。そうでなくても、ふつうに手を合わせに来たりするものなのだろうか。まあ、かくいうわたしも関係ない人に違いないのだけど、いまこうして横網町公園の町歩きに参加している。岩手県沿岸部のちいさなまちで育って進学を機に東京へ来たから、東京の人でもないのだけれど。

——関東大震災が一九二三年九月一日。死者・行方不明者数は推定一〇万五千人。そのおよそ二〇年後、一九四四年から東京は繰り返し空襲に襲われます。計一〇六回の空襲で、推定一一万五千人以上が亡くなり、とくに三月一〇日の下町地域への空襲では、一夜にして一〇万人以上が亡くなったとされています。この建物は、もともと震災の供養のために作られましたが、いまは震災と空襲というふたつの災禍で亡くなった方々を弔う場所になっています。

わたしは太い金色の線で書かれた「慰霊堂」の文字を見上げて、一〇万人っていうと東日本大震災の五倍かあ、と罰当たりな計算をする。しかもそれがだいたい同じ地域で二回。間はたった二〇年というのだから、両方を経験した人だっているのだろう。一一年前、わたしが小学校四年生のときに体験した震災と比較してみると、そのことの恐ろしさがわかる……ようでいて、やっぱりわからない。地元では、あの津波で一〇人にひとりが亡くなった計算だけど、わたしの回りには亡くなった人がいないし、そもそも小四が見ている世界なんて家族と学校だけだから、その悲惨さがあまり実感できないのかもしれない。だからわたしの感覚は、たとえば東京で暮らす人たちとそんなに変わらないと思う。なのに、進学でこっちに来て、先生とかに出身地を聞かれて答えると、すごく大変だったでしょうって悲しそうな顔をされるので困ってしまう。たしかに大変な人もいたけど、わたしは大変じゃなかった。家の庭まで津波が来て花壇の花が枯れたのは悲しかったけど、それでも泣いたりはしなかった。

三年前、わたしの地元にも追悼施設が出来た。海の方の国道沿いにオープンしたその施設は、嵩上げ地に出来たあたらしいまちからはちょっとだけ遠くて、自分たちの日常とは関係がなかった。だから、わたしはそこへ一度しか行ったことがない。

高校三年生の三月一一日の放課後のこと。卒業したらみんな地元を離れちゃうし、せっかくだから行ってみようという話になって、水泳部の五人で行った。高校から海の方に向かうのは初めてだったからGoogleマップで道を調べたけど、まだあちこち工事中で通行止めのところもあって、なんなんだよー！　とか文句を言いながら自転車を漕いだ。ちっちゃい頃から工事ばかりだったねってサキちゃんが言って、だって津波で全部やられちゃったから、とアズサが頷くと、わたしなんて他県の海にしか入ったことないよってシオンが言うので、たしかに地元で海水浴したのって小四が最後だわあってわたしは返した。するとチイちゃんが、そうか津波から八年かあってつぶやいたあと、ああもう時間が経ったな——！　って叫んだので、ほんとほんとってみんなで笑った。

そんな感じで何度か回り道したけど二〇分くらいで追悼施設の入り口に着いて、やっぱり海は近いんだなって思いながら自転車を停めた。その日は晴れていたし、有名な建築家の人がつくったという広場はだだっ広くて芝生がきれいで、わたしたちはつい楽しくなった。それで、海にせり出した祭壇につながる階段をちょっと小走りみたいになりながら上がっていくと、テレビカメラが待ち構えていたのでヤバってなった。

わたしたちは黙って、五人並んで手を合わせた。カメラマンにはさぞ絵になると思われてるんだろうなって思ったけど、そんな邪念は数秒で消えた。

波の音がしたから。わたしは小学校の窓から見えていた海を思い出していた。授業中に海を眺めるのが好きだった。被災の前は建物がたくさんあったから、見えなかった海。学校が再開した五月、壊れたまちに瓦礫が散らばっているそのずっと奥に、きらきらと光る海を見つけたときは不思議な気持ちだった。それからずっと、外の風景は変化していった。最初は瓦礫を片付けていて、そのあとは土木工事をやっていたからいつもうるさくて、六年生の秋頃には目と鼻の先に七階建ての公営住宅が出来た。チイちゃんが仮設住宅からそこへ引っ越して、家を出る時間が遅くてよくなったってうれしそうだったのを覚えている。わたしは教室の窓から海が見えなくなったのがさみしかったけど、チイちゃんの家に行けば見えるからまあいいやって思った。最近、わたしたちが通った校舎は取り壊されて、山の上にあたらしい校舎が出来たらしい。やっぱり海の近くは危険だからって。

鼻水をすする音が聞こえて薄目を開けると、隣でチイちゃんが泣いていて、わたしの腕に触れている左の肘から震えが伝わってきた。カメラが近寄ってきて、黒いスーツを着た若いアナウンサーみたいな人がチイちゃんに話しかける。わたしはやめろよって思って睨んだけど、チイちゃんは手の甲で涙を拭ってからゆっくりと話し始めた。

そこでわたしは、チイちゃんのお兄さんが津波で亡くなっていたのを知った。というか、チイちゃんにお兄さんがいたのを初めて知った。たぶんわたしだけじゃなくて、みんなもそうだったと思う。お兄さんには障がいがあって、このまちには受け入れてくれる施設がなかったから隣町の施設に暮らしていて、その施設ごと波に呑まれてしまったんだって。いつだったか、海や川の近くにあった福祉施設がいくつも水没したという検証番組をテレビで見たことがあったけど、チイちゃんのお兄さんがそういう環境にいたなんて知らなかった。チイちゃんのご両親は、お兄さんを危険な場所に預けてしまったことをすごく後悔しているんだって。だからチイちゃんは、特別支援を学ぶために教育系の大学を受けたんだって。

わたしはなんだか泣けてきた。どれだけ遅いんだって感じだけど、わたしはチイちゃんのお兄さんのために泣かなきゃいけなかったんだ。もちろん、何も知らなかった自分の情けなさにも泣けた。ずっと部活も一緒で仲良しのチイちゃん。何もしてあげられなくてごめんね。ごめんね。みんなも泣いていた。わたしたちは海にせり出した祭壇の手すりにそれぞれ掴まってわんわん泣いた。それでも、波の音の方が大きかった。

まあ当然のようにその映像が翌朝の情報番組で使われていて、学校では笑い話みたいになったわけですが。その時、チイちゃんもわたしたちとおんなじように笑っていたので、ホッとしたのを覚えている。全国版のニュースでは、やっぱりわたしたちはただのかわいそうな被災地の高校生で、チイちゃんの渾身のメッセージはあっさりカットされていたけど、わたしはすごく大事なことだと感じていたから、ちゃんと覚えてる。——本当なら最初に逃げなきゃいけなかった人たち、立場の弱い人たちが集まる施設が危険な場所にあったために、たくさんの犠牲が出てしまった。わたしは、その理不尽を変えられる大人になりたいです。

チイちゃんがそんなことを考えていたなんて知らなかった。チイちゃんはわたしよりずっと大人で、ぜんぜん敵わないなって思った。チイちゃん、わたしにも手伝えることがあったら、いつか手伝わせてほしいな。声には出さなかったけど、わたしはそんなふうに思っていた。そして、いまもそう思っている。

それからわたしたちは別々のまちに出て、わたしはいま東京に暮らしている。いつも工事中だった地元とはぜんぜん違って、こっちはどこまで行っても建物があってキラキラしているから最初は混乱したし、それが普通だと思っている人たちとは、正直何をどうやって話していいのかわからなかった。わたしたちが通っていた中学校の校庭には仮設住宅があって、高校の通学路はいつも工事の砂煙が酷かったから、わたしたちはコロナのずっと前からマスクをつけていた。思い返せばけっこう過酷な状況だったのかもしれないけれど、いまとなってはあの風景がなつかしい。

東京でも友だちは出来たけど、ずっとコロナだったしあんまり馴染めなくて、わたしはバイト終わりにあちこちひとりで散歩するようになった。そしてある日、お寺の入り口の看板に歌を見つけた。「繁縷《ハコベラ》や　焦土の色の　雀ども」。それは石田波郷という俳人が東京空襲の後につくった俳句なのだけど、わたしの頭の中には、津波のあとの風景が広がっていた。アスファルトが剥がれた地面に繁茂するシロツメクサ。そこへお父さんと弟と降りていって、三人でキャッチボールしたこと。まだちいさかった弟が落ちていたぬいぐるみを拾ってきて、離さなくなって困ったこと。シロツメクサで編んだ冠を持ち帰って、お母さんにプレゼントしたこと。わたしは〝あの頃〟の回想を一回りしたあと、ずっと昔、東京にも地元と同じような時期があったのだろうか、と想像してみる。すると、すっと気持ちが落ち着いた。ちょっとおかしなことかもしれないけれど。

ということがあって、今日は東京の〝その頃〟のことがわかりそうかなと思ったので、参加してみたんです。ちょっと年上に見える女性が隣で熱心にメモを取っていたのが気になってチラチラ見ていたら、今日はどうして参加したんですか？　と話しかけられたので、わたしは簡単に経緯を説明した。彼女は、へえ、うんうん、と相槌を打ちながら聞いてくれたあと、やっぱりいろんな人がいるもんですねえ、と言った。わたしは阪神・淡路大震災の年に神戸で生まれたので、希《のぞみ》という名前なの。わたしたちの世代はね、希望の子どもって呼ばれたりもしたんだよ。希さんはそう言って、ちいさく笑った。

――あちらの大きな花壇、てんとう虫の図柄になっていますが、季節ごとに近隣の学校から公募して、あたらしい図柄に変わります。あの中には、空襲で亡くなられた方々の名簿が納められています。

ちょうどガイドのおじさんがそんなことを言うから、そうそう、子どもっていうのはそういう企画に使われるんだよねって希さんがつぶやく。うんうんとわたしも頷きながら、そういえばわたしも小学生の頃に、復興工事のためのコンベアに名前をつけよう、なんて企画に参加したことがあったのを思い出す。――希さん、東日本大震災の被災地の子どもとして育ったわたしにも、工事用のベルトコンベアに「希望の架け橋」なんて名前を考えたら採用されて、市長に表彰されたっていう出来事がありました。わたしの話に希さんが、へえ、それはすごいねえと相槌を打つので、そうなんですけどね、と言葉を足してみる。復興のためのベルトコンベアだっていうから、もちろんいいものだって思うじゃないですか。わたしの声色に希さんが何かを察した様子で、まあそうだね、と訝しげな顔になって頷いたので、わたしはいつか誰かに話してみたかったことを話すことにした。

ベルトコンベアが動き出してしばらくしてから、母の運転する車で、母の実家あたりを通ったことがあったんです。津波で流されて、もうまちなみは跡形もなかった。それこそ津波の後しばらくは草はらみたいになってて、シロツメクサが咲いている感じだったんですけどね。その日行ったら、すでに工事用の柵で囲われていて、母の実家があった一角が、まるごと巨大な土の塊になっていた。それを見た母が、すごく悲しそうだったんです。ここにはおじいちゃんおばあちゃんのお家があって、お母さんもよく遊んだ場所なのにねってちいさな声で言って。それを聞いて、わたしはすごく申し訳ない気持ちになりました。復興っていいことばかりじゃなくて、とても複雑なものなんだって理解したんです。

希さんは、そうかそうか、なるほどねえ、と相槌を打ちながらわたしの話を聞いたあと、やっぱりさあ、子どもの頃にはわかんないことってあったよね、とつぶやいてから話し始める。わたしは震災の記憶すらないのに、被災から立ち上がっていくための「希望の子ども」として見られるのが辛かったよ。だから、震災を知っている大人たちが、〝あの日〟のこととか、その後の苦労話を語り出すのが嫌いだった。正直ね、またこの話かって思ったし、置いてきぼりになったような気持ちだった。わたしが知らない体験を大人たちが共有していることが、うらやましくもあったんだよ。だけどね。大学生になって東京に来たら、だれも阪神・淡路大震災のことなんか知らなくて、それはすごく悔しかったの。それで、やっぱりもっと知りたいなと思った。自分の名前の由来を聞かれた時に、ちゃんと話せるように勉強しておかなきゃって。希さんはそこまで一気に話したあと、それでさ、やっぱり一生懸命勉強してると東京で起きたことも知りたくなるんだよね、と言った。わたしは希さんの気持ちがわかるような気がして、うんうんと大きく頷いていると、希さんは、さあ行こう！　と言って公園の出口を指差す。わたしたちだけ町歩きの列からはぐれているので、参加者のみなさんとガイドのおじさんが心配そうに手を振っている。わたしたちはまっすぐに駆けていって、すみません、と頭を下げながら合流する。やさしい顔をした人たちが、大丈夫、大丈夫、と口々に言って迎え入れてくれる。

町歩きの列はその後三キロの道のりをぞろぞろと歩き、その途中にある学校やお寺の中、道端の史跡を巡った。立ち止まるたびにガイドのおじさんは、関東大震災の資料や東京空襲の体験手記をゆっくりと読み上げて、ここでこういうことがあったと記録されています、とわたしたちに告げた。建物がひしめき合う東京の街角に佇むちいさな石。そこへ刻まれた悲惨な出来事。刻まれはしなかったけれど、記録に残った声。そのどれもが、地元でいつか聞いた言葉や見えていた風景に重なった。とくに、空襲のとき小学校に避難した人たちが大勢亡くなったという話は、高校の部活の先輩たちが、避難所に指定されていた体育館に逃げ込んで、津波に遭ったことと重なって苦しかった。

最後は錦糸公園にたどり着く。今日は土曜日。多国籍料理のフェスティバルをやっていて、露店が並び、賑わっている。ここもまた、関東大震災当時は陸軍の倉庫があり、敷地が広かったために避難してきた数百名が亡くなった場所だという。その後公園として整備され、空襲ののち数年間は近隣で亡くなった人たちの仮埋葬地として使われたのだという。ガイドのおじさんはそうたんたんと説明をして、さてみなさん、土曜日の朝からご参加ありがとうございました、と言って頭を下げた。今日はちょうど珍しいものも食べられるみたいですし、残りの週末をぜひ楽しんでください。そんな明るい声で会が閉じられて、空気がやわらかくなる。お見事だなあ、とわたしは思う。

ほかの参加者がイヤホンを返却して解散していくのを見送ったあと、わたしと希さんはガイドのおじさんのところへ駆け寄っていって、口々に感想を伝えた。すると、おじさんはわたしたちの話を、はい、はい、と頷いて聞いてくれて、また知りたいことがあったらいつでも公園に来てくださいね、と言ってくれた。

わたしはそれが嬉しくて、つい調子に乗る。あとひとつだけ、質問してもいいですか？　おじさんは驚くふうでもなく、はい、どうぞ、と返してくれる。「繁縷《ハコベラ》や　焦土の色の　雀ども」って知ってますか？　おじさんは、わたしの急な問いかけにもすぐにピンと来た様子で、ああ、妙久寺さんに刻まれている歌ですね、あそこにも空襲の石碑があるので伺ったことがあります、と穏やかな声のまま答えた。それでわたしが、どこもかしこも悲しい記憶ばかりですね、と言ってため息をついていると、希さんが、でもさ、わたしその俳句、すごくいいと思ったよ、と入ってくる。

焼けた地面に芽吹いたハコベラをついばむスズメ。悲しい場面かもしれないけど、力強い感じ。だってかつての焼け野原が、いまはこうなんだもんね。

希さんの視線に促されて、わたしたちはあたりをくるりと見渡す。賑やかな休日のお昼の公園。陽気な音楽と子どもたちの高い声。目の前の光景の明るさにあらためて驚いて、わたしたちはつい、ちいさな声で笑う。

それから希さんは何かを思いついたような顔になって話を再開した。ハコベラをついばみに戻って来るスズメって、わたしたちに似ている気がしてきたなあ。だってみんな、災禍から芽吹いたものを忘れないぞっていう気持ちを持っているんだもの。さっきあなたも、津波のあとの草はらを懐かしそうに話していたでしょう。やっぱりそこに、大切なものがあったんじゃないかな。希さんの言葉に一瞬ドキッとしたけれど、わたしはすぐに、うんうんと大きく頷いた。ガイドのおじさんがニッコリと笑って、じゃあわれわれはハコベラ同盟ですね、と言う。わたしたちは思わず、わあ！　と声を上げた。ハコベラ同盟。いいね、いいね、いいね。

また会いましょうねって言ってわたしたちは別れた。またふたりに会えるって思うだけで、身体が軽い。このまちには、聞いてみたい話がある。話を聞いてくれる人もいる。

チイちゃん、わたし、東京で仲間が出来たよ。それでね、チイちゃんのことを手伝う準備ができそうな気がしてきたよ。いつか、アズサにもシオンにもサキちゃんにも、このことを話したいなって思うよ。

――

この春、東京に引っ越した。二三歳から三年間は陸前高田、そのあと七年間は仙台に居て、一〇年ぶりに東京に戻ってきた。東北では、津波の後の沿岸部や台風被害に遭ったまちに通って、土地に根付いて生きる人びとに話を聞き、記録してきた。巨大な破壊のあと、壊れたまちで生活を立て直していく人びとの傍らに居させてもらった。また同時に、力強く見えるその歩みに隠された、繊細なこころの移り変わりを聞かせてもらった。もちろん、災禍の記憶だけではない。日々の暮らしについて、生業（田畑や浜、山仕事の話などが印象深い）について、風景について、土着的な信仰や物語について、手渡されてきた郷土の資料について……驚いてしまうほど惜しみなく、さまざまなことを聞かせてもらった。そのすべてを理解することも覚えておくこともできなかったけれど、彼らの語りがいつでも驚きに満ちて、うつくしかったのは確かだ。

移住前は東京の大学院生として生活していて、基本的には大学とアルバイト先を行き来しているだけで、自分が生きている時代のほんの一部分しか見えていなかったけれど、こうして東北を歩くなかで、東京とは異なる多様な暮らしのあり方や風景、遠い過去から脈々とつながる時間の連なりを知って、わたしの世界は格段に広がり、複雑になった。時を経て、それがとても得難い経験だったと自覚できるようになったこのタイミングで、一度東京に戻ってみようか、という気持ちになった。身近すぎてのっぺりとして見えていた東京のまちにも、あるいは〝ふるさと〟にも、無数の聞くべき声があり、物語を抱えた風景がある。いまならその当たり前に気づけるかもしれない。ならばその声を聞きたいし、物語を探してみたい。かつて祖父が体験した関東大震災から、九九年目の春だった。

育ったのが東京の東側、荒川沿いの住宅地なので、その近くに住まいを借りた。馴染みのある風景には安心感があるけれど、このあたり一帯は、水害のハザードマップ上では浸水想定区域にあたり、いざという時には都外への避難が勧められている。大きな地震が来るとも言われ続けているし、これだけ人が多くて、いったいどうやって逃げるのだろう？　そんな難題に頭を悩ませるとき、震災後の東北で暮らしていたわたしには、東京が未来の被災地に見えてくる。そして同時に、関東大震災や空襲による破壊から復興した（あるいはいまだその過程にある）まちのようにも思える。

ほとんどのまちが、災禍と災禍の間にある。それはおそらく紛れもない事実であって、暮らしているまちをそのように捉えてゆく想像力はきっと、ネガティブなものではない。過去の災禍を経験した人びとの声を聞き、未来の暮らしを積極的に考えながら、いまを生きてみようと思える。それは、残された資料を読むことや、同時代を生きる体験者に寄り添うこと、あるいは隣り合う人たちと話し合うことによって成り立つ。そんな他者とのやりとりを含み込む暮らしは、リスクに蓋をして不安なままでいるよりも、むしろ気楽な気がしている。

東日本大震災を生き抜いてきたかっこいい人たちも、わたしと同じふつうの人間で、特別ではなかった。そんな当然のことを知って、わたしはあらためて彼らを労《ねぎら》いたくなると同時に、いつか自分が災禍に見舞われることもあるのだとリアルに想像するようになった。そのとき、自分自身が死んでしまうこともあるだろう。そうでなくても家や財産が破壊されたり、大切な人を失ったりすることもある。暮らしていたまちがすっかりなくなることだってあるかもしれない。それでももし助かったとしたら、そのとき身近にいる人たちと一緒にやれることをやって、〝その後〟を生きてみるしかない。東北で出会った人たちの姿を思い出しながら、なんとかやってみよう。彼らのように、わたしにも、わたしたちにも、きっとやれるはずだ。いまはそんなふうに思える。

東京に来てから、自分の中にたくさんの声が蓄積されているということが、こんなにも心強いことなのかと実感し、驚いている。災禍は突然訪れる。そのリスクや不安も含めての日常であり、わたしたちはそこでたんたんと暮らしを積み重ねてゆくしかない。どこか諦めにも似たそんな感覚は、不安定な社会を生きてゆくためのいい相棒になるのではないか。

わたしは今日も個人商店がひしめき合う商店街で買い物をしたり、寂れているけれど小まめに手入れされた銭湯に浸かったりしながら、もし大災害や戦争が起きたら、こういう場所もすべて消えてしまって、二度とこういうまちには戻らないのだろうなあ、なんて考えている。なんとも物騒な想像ではあるけれど、だからこそ目の前にある街並みが愛おしくなるし、日々の暮らしを大切にしたくなる。こういう想像力を持つことができてよかった、と思う。

そんなふうに過ごしている東京で何をしようとしているか、ここで具体的に記してみたい。東京で声が聞きたいという茫漠とした欲望の根には、すでに他界した祖父母の存在があり、これからじっくりと時間をかけて向き合うつもりでいる。一方で、このタイミングで引っ越そうと踏み切ったのには、東京にいる方が東北で実践してきたことをより充実した形で継続できるのでは、という予感があったから。これ以上長く東北に居ると、〝東日本大震災〟に向き合うことに意固地になって、どんどん視野が狭くなっていくような感覚があった。そんななか、土砂災害に遭った宮城県丸森町に通うようになって、東日本大震災という象徴化された災禍の陰で、たくさんの災害や事象が起きていることにも目が行くようになった。もともと旅人として、災禍が起きた場所とそのほかの場所を行き来し、双方の語りを運ぶのが役割だと思っていたのだから、いまいちどその基本に帰ろう。そのために、まずは物理的に東北と距離を取って視野を広げ、自分がいま往き来すべき場所を見極めてみたい。その舞台に、東京はきっといい。

東京は全国から人が集まり、交わり、通過し、入れ替わるまちだ。そしてつねに激しい開発が繰り返されている。風景が改変されると、人は過去を思い出しにくくなる。また、記憶を共有する相手がいなくなってしまえば、それについて語り合えなくなる。このことは、一〇年来わたしの関心の中心にある〝出来事の伝承〟にとっては致命的であるけれど、その分フラットな感覚になれもするこの場所は、ほかの場所の出来事を想像し、気持ちを寄せることに適しているのかもしれない。もちろん、東京の記憶の地層を掘り起こしてみたいとも思っている。ここにも、忘れられてはならない災禍の経験が刻まれているのだから。

そうして東京の友人たちと、「カロクリサイクル」というプロジェクトを立ち上げた。カロク（禍録）とは災禍の記録のことで、先人たちが残してきた記録から、現在に応用可能な知恵や技術を探し出し、広く伝えていくための表現を模索しつつ、対話の場をつくっていこうというものだ。具体的には、東北での経験を頼りにしつつ、東京のあちこちを歩いてカロクを探し出し、それらを活用する方法を探ることと、全国各地でカロクに関わる活動をしているチームをつなぎ、ネットワークをつくることを軸に進めている。

このプロジェクトの一環で、防災教育に関わるＮＰＯの事務所にお邪魔した。阪神・淡路大震災の経験を生かして防災学習のためのゲームやイベントを開発し、さまざまな地域で実践しているそのＮＰＯのスタッフは、ずっと東北で活動したかったけれど、時期尚早だと思って控えていたんです、と話した。自分たちの経験上、被災直後は防災教育に向き合う余裕がないだろうと想像できる。しかも、阪神と東日本では状況が異なるから、われわれが行くとかえって反発されてしまうのではないか。そんな心配をしていたという。たしかに、復興工事が激しく行われていた時期までは、その余裕はなかったかもしれない。けれど、いまでは小学生のほとんどが震災後に生まれた世代になっているし、よその地域からの移住者も増えているから、多くの人が防災教育の重要性に気付き始めているはず。あたらしいまちでの生活が始まって数年経ったいまなら、きっと歓迎されると思います。わたしがそんなふうに答えると、その人は、そうでしたか、と言ってやわらかな笑顔になり、ぜひすぐにでも東北を訪ねて、これからの防災について一緒に考えていきたいです、と続けた。

異なる災禍を経験した者同士が出会うためには、適切なタイミングというものがあるのだと感じている。阪神・淡路大震災で被災を経験した友人が、東日本大震災が起きたときに、これで阪神のことが忘れられてしまう気がして怖かった、と教えてくれたことがある。しかし、彼は東日本大震災の数年後、彼自身の体験を語った講演会で東北の人びとが泣いてくれたことをきっかけに、東北の支援をしていきたい、と思えるようになったという。

災禍の経験はひとりひとり、個別のものではあるけれど、痛みを経験した者同士、苦しむ人を支えた経験を持つ者同士、分かち合えることがある。また、これから経験するかもしれない災禍について、すでに経験した人びとから話を聞いておくことができたら心強い。場所や出来事の違いを越えたやりとりは、災禍の経験そのものや、その後を生きていくための知恵や技術の継承にもつながっていくのではないか。そう思うと、これからのわたしの仕事がおぼろげながら見えてくる。震災後の東北で記録し表現してきたものを持ってあちこちのまちを訪ね、今度はその土地土地の話を聞き、書き留めてゆくこと。その過程で複数の土地が持てる接点や共通項、互いに協力できそうなポイントを見つけること。いずれ両者が出会い、互いの経験を話し合う機会をつくっていくこと。

さあ、つぎの旅が始まる。

最後に、東京で災禍の記憶を伝えようと試みる人のことを書く。

関東大震災が一九二三年。そのたった二二年後、同じ下町地域に重なるように、東京大空襲による甚大な被害があった。このふたつの災禍を伝える場所として横網町公園があり、そこで町歩きの企画があるというので参加した。公園内にある東京都慰霊堂、納骨堂、そして公園内のあちこちにある慰霊碑やメッセージの刻まれた石碑を巡り、公園の外へ出てからはみなで列になって錦糸町の駅までゆっくりと歩く。ガイド役の初老の男性は丁寧に練られたルートマップを辿りながら、ときおり立ち止まって、その場所にまつわる資料や手記を読み上げる。参加者たちは連れ立って実際の場所を歩き、記述された過去の声に耳をすますことで、このまちに積み重ねられた地層の存在を体感してゆく。その見事な手ほどきに感動して声をかけてみると、男性はこの公園を運営する協会の職員さんだった。

わたしは公園が好きなんですよ、と朗らかに笑う男性はきっと、日々草木や施設を管理しながらこの場所に向き合ってきたからこそ、訪れる人びとにも、足元にあるのに見えづらくなっている地層に気づいてほしいと願い、このような表現をするに至ったのかもしれない。わたしは、津波に流された町跡に花を植える陸前高田の人びとや、土砂災害のあとにあらためて蛇の民話を語っていた丸森の人びとのことを思い出していた。人を弔うことと記憶を伝承すること。表現の動機として、これほど強いものがあるだろうか。そして、そのふたつは本質の部分でとても似ている。

東京でも記憶の地層を可視化しようと試みる人がいる。そして、その人の元へ、その表現を見つめに集まる人びとがいる。なかには広島や神戸、東北……それぞれの土地の記憶を抱える人もいる。彼らが出会い、語らうというちいさな出来事のひとつひとつが尊いと思う。そんなシーンが東京のあちこちに立ち上がることを願っている。

（二〇二二年一二月）

第14章
あたらしい地面

1　おじいさんの木

ねえちゃん話聞いてくか。ロッカーから荷物を取り出そうとしていたところへ後ろから話しかけられて、ユミさんの身体はこわばった。え、と思って振り返るとちいさなおじいさんが立っている。おじいさんはごわごわとした黒いナイロンジャケットの上に赤いビブスをつけていて、そこには語り部ボランティア、とある。ユミさんはいま広島の平和記念資料館にいて、建物がある平和記念公園一帯には語り部がたくさんいるのだからそんなに驚くことではないんだけど、何事にも熱心なユミさんはせっかくだからと広島出張に一日前乗りしていて、朝から昼過ぎまで語り部講座に参加し、さっきまで講師を捕まえてたくさん質問をしていたところだったので、さらに追加の語り部かあ！　と思ったのである。とはいえ旅先の出会いは大切にすべし、がモットーのユミさんは、クミちゃんとの約束に間に合うように移動できればいいじゃないかと思い直し、はい、ぜひ聞かせてください、とほとんど反射的に答えた。おじいさんはたちまち嬉しそうな顔になって、わしの話すことは特別じゃけえ、と言って、そんじゃあこっちこっちとユミさんを誘って表へ出る。まず一番見てもらいたいものを見てもらわないといけん。そう言ってずんずんと進んでいくおじいさんの背中が頼もしくて、ユミさんはすこしわくわくしてきた。

公園のあちこちで修学旅行生御一行が語り部の話を聞いているけれど、熱心な生徒ばかりではないので、ユミさんの胸はチクリと痛くなる。一生懸命話してくれているのにそれを蔑《ないがし》ろにできてしまうのはまだ幼いからか。でもわたしもそうだったよなあとユミさんは思う。ユミさんが人の話はちゃんと聞くべし、と思えるようになったのは、ボランティアで派遣された避難所で津波の話を聞かせてもらってからで、あの頃大学を卒業する間際だったわたしもいまは新人研修を任されるんだからずいぶん時間が経ったものだ、と思う。

おじいさんは、ここじゃ、とつぶやいて、国立広島原爆死没者追悼平和祈念館の階段を降りていく。ユミさんは、今朝ひとりでも来たけどなあ、と思いつつ、はい、と言って付いていく。そうしておじいさんが足を止めたのは、ユミさんが今朝素通りした茶色くて大きな標本だった。これがなんだかわかるかい、とおじいさんが聞くので、ユミさんがちょっとわざとらしい口調で、地層ですかね？　と答えると、おじいさんはにんまりと笑って頷いて、見てみい、ここに茶碗の割れたのがあるんよ、と続ける。ユミさんの目は、おじいさんのシワシワの人差し指が、標本の上部をぷかぷかと指し示しているのを一生懸命に追う。

　わしが知ってほしいんは、ここも大勢が暮らしていたまちだったってこと。おじいさんの言葉を聞きながらユミさんは、茶色い砂の上部にあるゴツゴツとした粗い層を眺め、その中に模様の刻まれた陶器のかけらのようなものを見つけて、そうだったんですね、とつぶやく。おじいさんはユミさんの声をうんうんと受け止めて続ける。

　平和記念公園はきれいでええですねえ、なんて言われると、わしらは悲しくなるんよ。その前のことがみななかったことにされてしまう気がしてな。おじいさんはユミさんをジッと見つめてそう言って、さっきと同じところを指差す。この地層をよう見てほしいな。茶碗の欠片だのごちゃごちゃと重なっているのが、わしらが暮らしていた地層。それを戦後に埋め立てて、この公園を作った。

　おじいさんの話を聞いていたユミさんは、じゃあこのきれいな公園の下に、おじいさんの家が埋まってるってことですか？　と尋ねて、あちゃあ、いまのいまできれいって言葉を使ってしまったよ、とすぐに後悔したが、おじいさんは何かを気にするふうでもなく、そういうことなんよ、と言って大きく頷く。だけどわしはちいさかったから、前のまちを覚えているわけじゃないんよなあ。それがとっても惜しい。おじいさんが、惜しい、惜しい、とつぶやくたびに、ユミさんはうん、うん、と相槌を打って、そうかそうか、ここもふつうのまちだったのだ、と感じ入る。それで、さっきまで、せっかく広島に来るなら勉強するぞ！　と意気込んでいたことがすごく申し訳なくなって、わたしは原爆のことしか頭になかったです、と律儀に頭を下げた。眉毛がぐぐっと八の字に下がり、とても反省している様子のユミさんを見て、おじいさんは、いやいや、わしはそれを知ってもらいたいから語り部をやってるんよ、と言ってハッハッハと高い声で笑った。

おじいさんはそれから、たぶんいつものコースという感じで公園のあちこちを案内してくれたけど、ユミさんがとくに覚えているのは、おじいさんの親友の木のこと。

夕暮れに差しかかって川面がきらきらと光っていたので、ユミさんがまた、わあ、とってもきれいですねえ、なんてつぶやいたら、おじいさんは、元安川といえば被爆瓦競争じゃなあ、と笑った。ユミさんはその言葉の強さにドキリとしていたが、おじいさんはそんなことは気にも留めずに、わしは焼け跡で育ったから焼け跡にも思い出があるんよ、と懐かしそうな目で言ってあの頃を語り始める。

焼け跡だって子どもたちは何かを見つけてきて遊ぶ。男の子たちの遊びのひとつは、元安川に潜り、川底に沈んでいる被爆瓦を取ってくる度胸試しだった。おじいさんはほかの子たちよりも身体がちいさくて大人しかったし、水に潜るのが怖くていつもモジモジしていたのだという。その様子をみんなにからかわれたとき、おじいさんが頼りにしたのは一本のアオギリだった。被爆のあと、誰かが植えた一本のアオギリ。おじいさんが物心ついた頃から同じ場所にあって、今でも悲しいことがあると会いにいくのだという。

それから平和記念資料館に戻る道すがらで、これがわしの親友、と言って、もはや一〇メートル以上にもなっている大きなアオギリの木を紹介されたとき、ユミさんはとても嬉しくなって、おじいさんとアオギリのツーショットを撮った。

それからユミさんが資料館のロッカーから荷物を取り出し、クミちゃんに会いに行くためのバスに乗るまで、おじいさんは着いてきてくれた。ユミさんが行き先を伝えると、おじいさんが、それなら72番か73番のバスじゃなあ、と教えてくれたところでさっそくそのバスが来た。おじいさんはさみしそうな顔で、またなあ！　と言って、ユミさんを見送る。ユミさんは、バスの車窓から手を振りながら、まるで子どもの頃みたいだと思い、なつかしいふるさとの幼馴染たちの顔を思い出していたのである。

ユミさんは、いつかおじいさんにあの写真を渡したいと思って、いつも手帳に挟んで持ち歩いている。写真を眺めるたびに、きっと、このアオギリの根っこは昔のまちに届いているんだなあと思い、見ることのできなかったまちの賑わいを思い浮かべるのだという。

2　花の寝床

まず仕方にゃあ。カズヨさんは大きな岩の上にちょこんと座り、ひとりつぶやいた。

明け方、まだうっすらと月が見える時間にここへ来て、花の手入れの前にこうするのがカズヨさんの日課である。冬なら冷たくてこんなことはできないが、初夏ともなればむしろひんやりと心地よい。つやつやとした岩肌を撫でながら、カズヨさんは辺り一面に咲く色とりどりの花を眺める。やっちゃんとお孫さんたちが植えたひまわり。あっちは内陸の人が持ってきてくれたユリ。マリーゴールドを植えたのは金沢の大学生で、いつもばあちゃんばあちゃんと呼んでくれて孫みたいにかわいい。花のひとつひとつにひとりひとりの顔が浮かび、一緒に過ごした時間が思い出される。カズヨさんは深呼吸して、花の香りで身体をいっぱいにする。

三年前に大きな津波が来て、まちは攫《さら》われてしまった。カズヨさんの家も流されて、亡くなってしまったご近所さんも多い。カズヨさんは更地のようになったこの場所を放って置けなくて、花好きな人たちを誘って草花を植え始めた。ここで作業しているといろんな人が声をかけてくれて、事情を話すと、土や肥料、タネや苗、道具やなんかを持ってきてくれた。そして、自然と一緒に作業をするようになり、友人になった。懐かしい人に再会し、思い出話で泣くこともあったし、遠方から来た人にかつてのまちのことを話して喜ばれたりもした。冬には焚き火を囲んで暖まり、夏には畑で採れた野菜を料理してみんなで食べた。ともかく集まってわいわいと語らっていると、亡くなった人たちも一緒に笑っているみたいに思えて、カズヨさんはとても嬉しかったのだ。そうしているうちに、広大な花畑が出来た。

花畑の周りにはいま背の低い柵が廻らされている。もうすぐ復興工事がやってきて、この土地を一〇メートルもの分厚い土で埋めるという。だからカズヨさんは明け方にこっそりここへきて、残った花の手入れをしている。今度、この花たちをみんなに分ける会をやって、いよいよこの場所ともお別れになる。

カズヨさんはふう、と息をつく。どうしようもなく不安な気持ちがこみ上げて居た堪れなくなって、大岩に抱きつくみたいに寝そべってみる。来月には、集落の中心にあったこの岩も埋められてしまう。まちが賑わっていた頃は岩の周りに提灯を飾り、その下に集まって盆踊りをしたのに。来ヤッセ寄ラッセ、マタオイデ。ココハヨイトコ、ミナオイデ。カズヨさんは久しぶりに思い出した懐かしい歌を口ずさむ。踊りの輪の中にいたあの人、あの人、あの人……

復興の邪魔になることはしたくない。これはカズヨさんの本当の気持ちである。けれど、間もなくこの場所から離れると思うと、とても不安になる。みんな、あたらしいまちが出来るのを待ち望んでいるのだから、そんな風に感じるのは間違っている、とカズヨさんは自分に言い聞かせる。

昨日、もとはご近所さんで、いまは遠方に暮らしているミチハルさんがここへ来て、まだ失うものがあったんだなあ、とつぶやいた。カズヨさんは身震いをする。そんなのは怖い。もう何も失いたくない。ここがなくなってしまったら、わたしたちはどこで集うの？

自分の目からポロポロと涙が出てきたのにカズヨさんは驚く。慌ててエプロンの裾で拭ったけど止まらなくて、そのうちに声を上げて泣いた。息継ぎするたびに強いユリの香りがする。これまでに参列したあらゆる葬儀の場面が思い出される。そして、葬儀も出せなかった人たちの顔が浮かんでくる。あの人も、あの人も、あの人も。わたしたちは、先に逝った人たちをここへ置いてゆくのか。カズヨさんは背の高いユリが群れになって咲いているのに駆け寄って、ぎゅっと抱きしめた。

3　ヘビの住まい

シンタさんとユウコさんは汗を流しながら、自宅跡地につくった畑に水撒きをしている。キュウリ、ナス、トマト、ズッキーニ、トウモロコシにオクラ……ふたりは色とりどりの野菜たちがきらきらと光るのを眺めてニコニコ笑う。夏は忙しくもうれしい季節で、次々に実る野菜と追いかけっこするように収穫をするので、見る間にカゴがいっぱいになる。

まんず、土っつうもんはありがてぇもんだなあ。シンタさんがそうつぶやくと、そだなあ、太陽さんもありがてえよ、と言ってユウコさんは空を見上げる。東北地方といえども、この一帯は四方を山に囲まれた盆地であるため、梅雨の時期からずっと蒸し暑い。だども、この暑さだけは控えてほすぃもんだなあ、とシンタさんが言うと、そんな都合のいいことはねえべよ、だって自然のことだもの、とユウコさんは笑う。

おーうい、じっちばっぱ！　補助輪付きのピンク色の自転車に乗って、孫のリオナさんがやってくる。畑の脇に自転車を置いたリオナさんは、まるでイノシシが突進してくるみたいにユウコさんに抱きついて、じっちばっぱ、ぼろぼろのお家のほうにいたの！　と言う。シンタさんとユウコさんはその率直さに思わず笑ってから、こらこら、ここはむかしリオナも住んでたお家じゃないか。そうそう、リオナもこの川を見て育ったんだよお、と言って、それから三人揃って対岸の方に向き直った。工事車両が三台、がたがたと作業をしているのを見つめながら、だって覚えてないもん！　とリオナさんが答える。シンタさんは、まず、そうだよなあ、と首をひねり、だってリオナはまだ二歳になる前だったもんねえ、とユウコさんがほほえむ。

たった四年前、だども、リオナにとってはむがあし、むがしのことだもな。シンタさんはそう言って日陰の庭石に腰かけ、その隣をトントンと軽く叩いてリオナさんを座らせる。ユウコさんは畑の奥に入っていって、急ぎのトマトの収穫を続ける。

ではひとつ、話聞かせっぺ。シンタさんはリオナさんに向き直って話し始めた。

むがあし、むがし、ここには村があって、ずらーっとお家が並んでいたんだよ。あっちにもこっちにもお家があって、ほら、ここもね。いまこうして畑になってるけど、ここにもお家が建っていて、ちっちゃいリオナも暮らしていたの。壊れたお家があったの、覚えてるか？

真剣な顔で話を聞いていたリオナさんが、ちょっとだけね、と相槌を打つ。シンタさんは、おっと、ちゃんと覚えてるなんてえらいなあ、とその頭を撫でる。

ある秋の日ね、雨がザンザカザンザカ止まなくて、これはおがしいなあってみんなで話していだの。そのうちにね、あっちの山の上からゴロンゴロンって、でっかい岩が落ちてきた。ほら、あんなに上の方だよ。

風景のずっと奥、川上の山は土がむき出しになり、薄茶色に禿げている。シンタさんは立ち上がってその辺りを指し示し、そのままゆっくりと腕をおろしてきて、川底の巨大な岩を指差す。リオナさんは思わずぴょこんと跳ねる。だってそれは、あたらしいお家の物置小屋くらい大きいんだもの。リオナさんは、こんなに大きな岩がもぞもぞと動く様子を想像して身震いをする。シンタさんは、こんなのがたっくさん落ちてきたんだもなあ、と感慨深げにつぶやいた。

でもさあ、じゃあなんでリオナたちは無事だったの？　とリオナさんは首をひねって問いかける。それはねえ、ヘビが教えてくれたからさ。シンタさんは胸の前で軽く手を合わせてからそう答える。

ここらではね、岩が落ちるゴロンゴロンっていう音が止むと、そろそろヘビが出る合図なんだぞって言われていだの。あの日もね、そろそろ薄暗くなるっづ頃、ぴたあっと静かになったんだ。それで村の人たち、これはいよいよおがしいって外さ出てきて、ヘビ来るど、ヘビ来るど！　って騒いだのさ。そして、ぞろぞろってあっちの丘に上がったんだね。シンタさんはそう言って、対岸の牧草地を指差した。真夏の太陽にさらされて、きらきらと青い草が光っている。

ドドドドー！　とシンタさんが大きな声を出す。わ！　と、リオナさんは驚いてまた跳ねる。まもなくして、でっかいヘビがそこを通ったんだ。とにかくものすごい勢いで、イナズマが光ったみでえに一瞬のことさ。ほしてね、お家も畑もみいんな盗られちまった。懐かしいものみな盗られて、とっても悲しかったよ。

だども、そん代わりに、たくさんの土が運ばれてきた。この畑もそうだべし、リオナのあたらしいお家の下にある地面も、みいんなヘビが持ってきた土なのさ。そいづは、ありがてこったよ。シンタさんはそう言ってしゃがみこみ、畑の土をぽんぽんと撫でる。リオナさんは不思議そうな顔をして、足元の土の柔らかさを確かめる。足踏みするとふかふかとして、みずみずしい匂いが上がってくる。

土さんもすごいねえ、とリオナさんがつぶやく。んだな、ほんとにすごいこったよ、とシンタさんがうなずく。その声が微かに震えているのに気がついて、リオナさんは顔を上げる。シンタさんの目には涙が溜まって目尻が白く光っている。それを見つけたリオナさんは、土手の際に向かって走り出す。

おーい、へビさんもう来んなよお！　じっちばっぱをいじめるなあ！

リオナさんは川上の山に向かって叫ぶ。ユウコさんは作業の手を止めて顔を上げ、わはは、と声を上げる。シンタさんも目尻の涙を拭きながら、わはは、と笑う。

リオナ、ありがとな。もうへビさん来ないように、これからはちゃんと話し合うべ。ヘビさんも何か困ってたのがもしんねしな。

リオナさんが、うん！　と大きく頷いて、じゃあリオナ、ヘビさんの言葉を勉強する！ヘビさんがどんなお話をしたいか聞くの！　と言ったので、シンタさんとユウコさんはうんうんと頷いてから、ニコニコと笑った。

エイタは海辺にニョキニョキと生える高層ビルを眺めながら、ふうと息をつく。ここは江戸時代から都市のゴミを引き受けてきた埋立地で、大火の瓦礫、震災の瓦礫、空襲の瓦礫を積み重ねてはあたらしい地面を作ってきたのだ。こんな風になると思ってたかね？とエイタが問うと、まあずいぶん住みにくくなりましたなあ、とネズミが笑う。エイタは、ハハ、と苦笑して、金持ちそうな若者たちがはしゃいでいるのを目で追いながら、半世紀前、この国が目まぐるしく発展していく途上にあった闘いを思い出す。

エイタは橋の真ん中に堂々と立って腕組みをしている。この橋以外には村に入る道がないために自動車は長蛇の列になり、あちこちからクラクションの音が響いてくる。たまりかねた先頭の運転手が降りてきてエイタに詰め寄るけれど、エイタは相手を睨みつけて一歩も引かない。クラクションが激しくなり、後列の車からも続々と運転手がおりてくる。彼らはエイタをひょいと持ち上げて、欄干に縛り上げてしまう。はい、今日も自動車軍団の勝ち。しかもこの自動車はただの自動車ではなく、すべてゴミ収集車である。ぞろぞろと連なったまま村中を突っ切って、詰め込まれたゴミを海辺に捨てていく。

その日の午後。すっからかんになったゴミ収集車たちが軽快に走り去ったあと、エイタのもとには同級生のイバちゃんがやってきて、ロープを解いてくれる。

ふたりはとぼとぼと歩いて海に向かう。数年前まではうつくしかった海。夏には海水浴もした。いまはすっかりゴミ山になって、空を埋め尽くすほどのハエがたかり、あちこちからもくもくと煙が上がっている。

エイタ、ごめんなあ。お前ばっかり矢面に立たせてさ。イバちゃんが絞り出した声に、エイタはいやいや、と首を振る。エイタ、あしたからはおれらも行くから。ここで働いているからって、こんな不公平を見過ごしていてはだめだ。おれらだって変わりたいんだ。イバちゃんは決意に満ちた顔をしている。ほんとうかい？ とエイタが尋ねると、イバちゃんはうんうんと頷く。その奥で、イバちゃんと同じ制服を着た何人もの人たちが、そうだそうだと頷いている。

翌朝。制服を着た人たちがぞろぞろと集まってくる。いつもの車列がやってくる。クラクションの音と、帰れ帰れの叫びがぶつかる。その声に誘われて、あちこちから村人が集まってくる。おれらにゴミを押し付けるな！ 自分たちのゴミは自分たちで片付けろ！ 橋を埋め尽くすほどの人だかり。とても車は通れない。やつらはぞろぞろと帰っていく。村人たちはたからかに万歳をする。

イバちゃんはエイタの肩を抱いて、やったなあ！ と声をかける。ところがエイタは、シクシクと泣いている。よかったよ、よかったけど……おまえらの仕事がなくなってしまうだろ。やつらだって、上のやつらに締められちまうんじゃないか。おれはそれが心配で。

エイタがそんなことを言うので、イバちゃんも一緒にシクシクと泣いた。

あれから見る間に村は垢抜けて、いまでは当時を知る人たちもずいぶんと減った。きらきらと光っているのは大型ショッピングモールの看板である。

いつだって変わることは怖いものだな。だけどこれもまた、おれらの村の姿なんだろう。

エイタはネズミにそう言って、ニッと笑った。

5　黒い髪をほどく

どこまでも青い海を前にして、アミは怒っていた。このうつくしい海に島が沈もうとしている。島が失われればわたしたちは離散し、語り継いできた物語も歌も、そして言葉さえも失うのだ。人口が少なくてちょうどいいだろうなんて大国に軽んじられ、核実験によって汚された島。その影響で身体中に疾患を抱えている者、生活の変化によってこころを病んでいる者も多く、大国の支援がなければ日常さえ成り立たない。そこへ海面上昇が襲ってくる。だから若い世代は職を求めて、未来そのものを求めて、大国へと移っていく。やがて島は老人だらけになるだろう。温室効果ガスを出すのは大国なのに、その不利益を被り、いちはやく沈むのはこのちいさな島なのだ。その事実が明るみになり始め、怒りの声をあげているわたしたちに対して大国は、あたらしく島を作ってやるからそこに移ればいい、あるいは今の地面に土を盛ってその上に住めばいい、と言い放った。

はるか昔、女たちがそのうつくしい黒髪を編んで魔法の網をつくり、巨大魚を捕獲して救《すく》った島。アミは自らの長い髪を解いて風に揺らし、わたしにもできるはずだ、と思う。そして白い砂浜を足の指でギュッと掴んで島の熱を掬い取り、まだ間に合う、と確かめる。

島は海に沈む。わたしたちもいっそ、語り継がれた物語とともに沈んでしまおうか。それともすべてを置き去りにして、あたらしい地面で肥えてゆこうか。いや、どちらにいっても理不尽な選択肢は、ふたつとも壊してしまうべきだ。

アミ、アミ。幼い娘がアミの右手を引く。アミは娘を抱き上げ、まだ柔らかく、でもつやつやと光る真っ黒い髪に鼻を埋める。潮の香りを吸い込む。あなたのために。あなたたちのために。この大きな海を鎮めなければ。

遠くから槌の音が響いてくる。そんなちっぽけな島など諦めなさい、あなたたちの物語などたわいもないのだから、とあざ笑うかのように。あたらしい地面を作るための工事は、すでに始まっている。

江東区に事務所を借りることが決まって、付近をあちこち歩くようになった。東京生まれと言っても北に位置する足立区で育ったので、都心を越えて南に位置する江東区には足を運ぶことがなかなかない。多分多くの人がそうだと思うけれど、自分が住んでいるまちと都心エリアを往復しているだけで、東京の暮らしは完結してしまいがちだ。

江東区といえば深川があること、清澄白河に東京都現代美術館があって、その周りがおしゃれになり始めていることくらいしか知らなかったが、災禍の語りに関心を持ち始めてからは、関東大震災と東京大空襲の被害が重なっているエリアで、しかも昨今は洪水時の浸水リスクが高いといわれているため、重要な場所という認識になった。また、江戸時代より中央都市のゴミを受け入れてきた地域でもあり、そのゴミの大半は埋め立てに使われてきた。海浜部はそうして時代時代に造られた〝あたらしい地面〟で、その過程を想像すれば被災地の土木工事とも重なるうえ、いまだ埋め立ては続いている。

実際に暮らしている人からすれば気持ちのいい視点ではないかもしれないけれど、日常に埋もれてしまう災禍の語りを聞くことがおそらくわたしの仕事だから、きれいに整備された街並みを歩きながら、過去に接続できるポイントを探してしまう。実際に話を聞き始めてみると、災禍の記憶を語りたい、あるいは知りたい、忘れられてはならないと思っている人も少なくなさそうで、ならば一緒に何かを形にしていくことができるかもしれない、と思い始めている。整備されたまちには穏やかな時間が流れていて、それはとても愛おしいことだ。けれど、薄皮を一枚剥がせば過去の痕跡が刻まれているのだから、それを意識しながら暮らしている人もたくさんいるのだろう。目に見えなくなっても、すべてがなくなってしまうわけではない。被災したまちで、あるいは戦争を語り継ぐ人たちに、そう教わってきた。

友人にそんなことを話しながらGoogleマップで現在地周辺を眺めていたところ、そうか、都立第五福竜丸展示館というものが存在し、それがある夢の島も江東区なのか、と知ったのが二〇二二年夏のことだった。

さっそく行ってみようと決めて、灼熱の暑さの日に友人と新木場駅で待ち合わせ、明治通りを進む。歩道の右手にはやはり平らな夢の島公園が広がっている。一九五七年からおよそ一〇年間ごみの最終処理場だったその場所は、のちに埋め立てられて、おもにスポーツを楽しむための広大な公園施設になっている。そういえば小学生の頃に社会科見学か何かで来たことがあるなあと思いつつ汗だくで歩いていると、やはり気だるそうな様子の小学生軍団とすれ違う。都立第五福竜丸展示館は三角屋根で覆われた小ぶりの建物で、彼らはそこから出てきたところのようだ。小学生が勉強するには複雑そうなテーマだけどどうだろうね、なんて話しながら、エアコンの効いた館内に入ってほっと息をつく。振り返ると、巨大な木造の船体があるので驚いてしまう。わたしはそこで初めて、第五福竜丸が現物保存で残されていることを知る。

のちに学芸員の市田真理さんに伺った経緯はこうだ。

第五福竜丸は、一九五四年三月一日、マーシャル諸島ビキニ環礁でアメリカが行なった水爆実験により被ばく。その後は、東京水産大学の練習船として使われたが、老朽化を理由に一度は処分されることになった。船体は東京湾のごみの処分場（夢の島）に持ち込まれたが、それを知った市民による一通の新聞投書「沈めてよいか第五福竜丸」（一九六八年、武藤宏一）をきっかけに保存運動が展開され、一九七三年に第五福竜丸平和協会を設立。その後、船体の保存場所兼展示施設として一九七六年に第五福竜丸展示館がつくられる。以後、協会が運営を担い、今に至っている。

当時はゴキブリがあちこち這っているような第五福竜丸に通って保存運動をしたんだよって聞かされています。そこできっと汗だくになりながらも、この事故が忘れられてはならないという想いで活動してたんですよね。市田さんはそう教えてくれた。

広島の原爆ドームの保存が決まったのが一九六六年。第五福竜丸の廃棄が決まったのが一九六七年。それでよいのかと市民が声をあげ、およそ一〇年間の運動によって、この場所が出来た。日本が敗戦から猛烈なスピードで復興を進め、高度経済成長に突入した一方で、大国は核実験を繰りかえした。そんななか、苦しくとも自分たちの経験に踏みとどまって、忘れられてはならない、まだ考えなければならないこと、話し合わなければならないことがある、と声をあげる先人たちがたくさんいた。その事実が、人間社会の厚みと豊かさを教えてくれるようで嬉しくなる。

市田さんのお話を聞きながら、わたしは東日本大震災の震災遺構の保存を巡る議論を思い返していた。復興事業との兼ね合いで、発災から二年後には多くの被災建物が撤去されてしまったけれど、たとえば一〇年ほど結論を保留してから議論を始めれば、その有用性を確かめたうえで判断することもできたのかもしれない。災禍の直後は心身ともに、また生活自体に困難が多すぎるために、出来事を検証し、継承することにまでは考えが至りにくい。だからこそ、「震災遺構を残すか否かの結論はいったん据え置きにする」ということを、災禍における記憶継承の教訓のひとつとしてもいいのかもしれない、などと思う。

コンパクトながら充実した展示のなかでとても印象に残ったのは、第五福竜丸を含む日本の漁船、そして日本の人びとの暮らしにかかわる被害だけではなく、マーシャル諸島を中心とした、太平洋に浮かぶミクロネシアの核被害を丁寧に紹介していることだった。核実験の影響が及ぶ場所に居合わせ、その後帰国した漁船の乗組員がこれだけ大きな被害を受けたのだから、その土地で暮らす人びとが負った傷と後遺症はどれほどのものか。日本とマーシャル諸島。すこし考えれば繋がっていくふたつの土地だけれど、とくに被害の問題が間に挟まると、繋げることには慎重さと勇気が必要になる。そもそも日本は一九一四年から敗戦までの間マーシャル諸島を占領し、一時は戦場にしていたのだから、ふたつの国の関係はとても複雑である。それでも、なのか、だからこそ、なのか、展示館のみなさんは、マーシャル諸島の人びととの交流を続けているそうで、個人と個人の信頼関係が、大きなものを繋ぎとめている現実を知る。

そして、展示の終わりには、マーシャル諸島に生きるふたりのインタビュー映像（ドキュメンタリー映画監督の坂田雅子さんが撮影）が設置されていた。マーシャル諸島は核実験による終わらない被害に加えて、気候変動の影響で海面が上昇しつづけているために、その国土の多くが沈もうとしているという。

インタビューに答えていたひとり、マーシャル諸島の元外相トニー・デブルムさんは、核実験の被害と気候変動の問題を重ねて語る。大国が自国の利益を求めて取る行動が、小国を苦しめるという構図が常態化している。温室効果ガスを大量に排出しているのは大国なのに、最初に影響を受けて土地を奪われるのは小国である。

その指摘に、わたしはいままさに大雨や土砂災害によって被災している日本のちいさな村々を思い浮かべる。おそらく二〇一九年に土砂災害に遭った宮城県丸森町もそのひとつで、その要因は複雑に要素が絡み合っているとはいえ、都市部の利益のしわ寄せを受けやすい土地であることを感じている。

また、ここ数年で全国的に大雨が降りやすくなっているのは、気候変動の影響もあるだろう。都市部と比較して防災のための土木的インフラが整っておらず、洪水に加えて土砂崩れなどのリスクを抱える山間の村々は被害が大きくなりやすいのが現状だと思う。

せめてこうやって地方が被る圧倒的な理不尽を都市圏の人にも知ってほしいと思い、細々作品制作などをしてきたけれど、マーシャル諸島はその構図の地球規模版……といえるだろうか。都市と地方。大国と小国。その不均衡で生じる痛みの途轍もなさを想像する。

インタビューに答えていたもうひとりはキャシー・ジェトニル＝キジナーさんで、わたしと同世代の詩人だ。彼女は力強い口調で端的に、「島の風景を変えることは私たちを変えるということです」と語った。海面上昇により、居住エリアのほとんどが消滅してしまうと予測されているマーシャル諸島では、大規模な嵩上げ工事や人工島への移住が検討（一部実施中）されているという。この木にはこの木の物語があり、こちらの丘にはまたその物語と歌がある。だけれども、私たちは物理的にこの土地を変えなければ生きていけない。彼女は鋭い瞳のままそう語る。

彼女の言葉は、震災後の陸前高田で聞いた声たちと重なった。あれは復興のための嵩上げだったけれど、震災による大きな破壊があり、その後巨大な土木工事が施されて、土地の風景はすっかりと塗り替えられ、実質的に多くのコミュニティがバラバラになってしまった。工事の様子を見つめながら、第二の喪失の方が痛いかもしれない、とまちの人びとはつぶやいた。風景を失うことは、〝わたしたち〟が共有する物語を失うことだ。土着的に生きる人びとこそ、物語を失う痛みは大きい。マーシャル諸島の人びとがこれから経験することの凄絶さを思う。

　こうしてマーシャル諸島の苦しみを想像することを試みながら、一方で、そこにはどんなに豊かな営みがあるのだろう、と考える。丸森にも陸前高田にも、風土とともに生きるからこその豊かさがあって、それはきっとマーシャル諸島にも存在する。そんな想像ができた瞬間から、マーシャル諸島がとても身近に感じられる気がした。

　それから数ヶ月、不思議な出会いを繰り返した。市田さんを介して、一時マーシャルに住んで映画を作った大川史織さんと友だちになり、彼女の紹介で文学研究者の一谷智子さんと出会い、実は今度キャシーさんの詩集を翻訳することになったので、その装丁のための絵を描いてくれないか、と声をかけてもらって、二〇二三年二月には『開かれたかご――マーシャル諸島の浜辺から』（みすず書房）が完成した。

　さらに、出版の少し前に、市田さんら第五福竜丸平和協会が主催する「３・１ビキニのつどい２０２３　核・気候・災害の記憶を繋ぐ」にて、一谷さん、そして展示館の蓮沼佑助さんとともにトークイベントに登壇させてもらうことになった。運動の時代から長く続く催しにお誘いいただいたことに恐縮しつつ、自分のやってきたことがどのように受け入れてもらえるのか心配でもあったけれど、第五福竜丸が被爆してから七〇年近くが経とうとする現在、どのような集いの場が開かれているのか気になって参加させていただくことにした。

当日は一〇〇名以上が集まり、会場は賑わっていた。高齢の方が多いとはいえさまざまな世代の人がいて、男女比の偏りもほとんどなく、大学生のボランティアも楽しそうに受付をやっている。プログラムも大変充実していて、第一部が坂田雅子さんの短編映画の上映、そして長年マーシャル諸島を取材し続けているフォト・ジャーナリストの豊﨑博光さんの講演、それからわたしたちのトークである。素晴らしい連携プレーで進むイベントを目の当たりにしてますます緊張していたが、トークの中盤、『開かれたかご』の装丁の絵を描く際にモチーフにした詩「フィッシュボーン・ヘア」を朗読していると、会場のみなさんがとても集中して聞いてくれていることがわかり、この詩に頼っていいのだとわかってホッとした。

困難な歴史を持つ島で生きる彼女の詩には、それでも消えることはない生活の楽しみや自然のうつくしさが描かれている。そして同時に、その歴史によってもたらされた歪み——大国と小国の不均衡からくる暴力や、開発による風景とコミュニティ、そして物語の喪失などが描かれている。彼女が白血病で亡くなった姪について語ることは、触れるのをためらいたくなるほど巨大に見える歴史も、すべて生活と地続きの出来事である、と伝えることだった。

わたしは正直に、マーシャルの人びとが語る言葉が東北で聞いた言葉と重なるということ、そして都市に暮らすわたしたちが見過ごしているものがあるのではないかということを話した。

トークのあと、会場の方に声をかけられる。

ぼくも長くこの運動に関わっているけどね、これからはいくつもの課題や出来事を学んで、架橋していく必要があると思うよ。そして、そこには詩が必要だと思う。

白髪頭の紳士の言葉に、わたし自身の、わたしたちの世代の仕事を教えてもらった気がした。それは彼らが積み上げてきた運動への応答でもあり、痛みや悲しみを介して、だからこそ慎重に、しなやかに、個人同士の連帯を探っていく道なのだと思う。

キャシーさんの詩を通して、マーシャル諸島を語る言葉やイメージを通して、陸前高田に、丸森に、そして東京や広島で聞かせてもらった語りと風景たちに出会い直している。

（二〇二三年三月）

第15章
九〇年のバトン

一九二五年に生まれて、一一歳になったのは一九三六年です。いま、九七歳です。一九三六年、昭和一一年に何があったかっていうと、二月に二・二六事件があるの。その記憶が鮮明なのね。

長火鉢ってご存知？　囲炉裏がなくなってからは、それがお茶の間の中心だったの。常に火を絶やさずにいて、いつでもお湯が沸いているのね。わたしはその長火鉢の脇にいて、事件が起きたっていう話が飛び交うのを聞いていたの。父は医者だったんだけど、当時は大学の助教授でね。ドイツへ留学するための準備でよく東京に出ていたの。その日もちょうど行っていたから、もしかしたら巻き込まれたんじゃないかっていう話にもなって、すごく心配だった。あの日、外はみぞれが降っていたのよ。それも鮮明なの。

その後の経緯っていうのは、あとで勉強して理解していった部分もあるんだけど。でも当時もね、事件が収束していくプロセスっていうのを聞いていて、やっぱり天皇という存在は力があるんだなって印象は持っていたと思うの。

それでね、二・二六のあと、父は四月にドイツに旅立ったんだけど、そこで待っていたのがベルリンオリンピック。これは新聞に載っていたのか、父からの便りに書かれていたことなのか、分からないんだけど。朝鮮半島出身の孫基禎っていう選手がマラソンで優勝したのね。当時の朝鮮は日本の統治下でしょう。だから日の丸で表彰されるんだけど、孫選手は、それを大変残念だと思っていたみたいなの。それでわたしは、日本の統治に不満を持ってる人がいるんだって分かるようになったの。ちょうどその頃、崔承喜っていう同じ朝鮮の人でね、踊りの上手な方が脚光を浴びてたんだけど、彼女もそう感じているらしいと。

それからベルリンオリンピックっていうと、ちょうどヒトラーが台頭してくる頃なの。当時ニュース映画なんか観に行きますとね、ヒトラーユーゲントってナチス党の青少年団が映っていて、ヒトラーって大変かっこよく見えたのよ。それで現代になると、「プロパガンダ」って言葉が話題になっているでしょう。すると、当時もゲッベルスっていうナチスの宣伝担当の人が「プロパガンダ」として、ヒトラーが眩しく見える広告をたくさん作っていたんだっていうのを知るのね。ヒトラーが台頭してからあんなことになるまで、一〇年もないくらいだものね。わたしも子どもの頃は「プロパガンダ」なんてわからないから、ああ、かっこいいなあ、なんて思っていたの。

やっぱりこうして長く生きてね。本を読んだりお話を聞いたりしてやっと、当時はそんなことがあったのか、そうなっていたのかってわかることが多いのね。でも関心がないと、知ろうとも思わないよね。思い返すと小学校の頃、友だちに、「あんたって歴史が好きな人ね」って言われたことがあるの。だから、あの頃関心を持ったことからずっと広がって、いまがあるっていう感じがするの。それでこうしてあらためて、一一歳の頃のことなんか語ってみますでしょう。すると、天皇のこと。朝鮮のこと。これは植民地と差別の問題なのよね。それからファシズム。どれも現在にもつながっていることだなって思うの。

戦前は五族協和、八紘一宇なんて素晴らしいことだって、わたしも素直に受け止めていたところがあった。いまとなってはそれも、「プロパガンダ」よね。いろいろ本を読むと、当時について研究したことが書いてあるけど、実際は朝鮮の人を人間扱いしていなかったんだよね。もちろん、そうしなかった人もいたとは思うけれど。

それから結局、二・二六の翌年に盧溝橋事件があって、軍がどんどん暴走して、敗戦へとつながっていく。でも、やっぱりこれも戦後に勉強して知ったことなんです。

わたしが一六のとき、一九四一年一二月に真珠湾攻撃なの。そのすこし前くらいから、派手なもの、贅沢なことはやめましょうっていうかたちで、戦争の影は色濃くなっていたんだけれど。真珠湾のニュースを聞いたときは、これはどえらいことになったなって思いましたね。アメリカに勝てるなんて思わなかったわ。だって、すごく大きな国でしょう。

これはうちの子どもが大きくなってからのことだけど、次男がしばらくアメリカにいたんで、わたしも行ったことがあるの。アメリカってね、飛行機で飛んでも飛んでも、まだ下が地面なのよ。反対に、日本なんてすぐに通り越しちゃうんだもんね。よくこんなところと戦争したもんだなあ、なんて思いましたよ。そうね。わたしには、アメリカが憎いとかっていう感情はないですね。

父の推薦もあって、一八のときに主人と結婚したの。当時は医者といえば軍医になるのが当然で、主人も軍医になった。主人は一九一九年生まれだから、戦争の一番ひどいときにぶつかっているのよ。だから、主人が本当に仲の良かった人たちはほとんど亡くなっているっていう状況で、そんな中で自分は生き残っているんだから、世の中のために良かれと思うことをやろうっていう人だったの。なんていうのかなあ。まっすぐで、飾らない人。わたしは欲のない人間に共感を持っていました。当時の大学生っていうと、頭はポマードでテカテカ、靴はピカピカ。だけど、主人は弊衣破帽でね、そんなところがチャーミングに感じたの。

幸いなことに主人は外地には行かなくて、内地で終戦になりました。最後は茨城の勝田っていうところ。アメリカが日本に上陸する候補地で、しょっちゅう艦砲射撃に狙われて大変だったって。

わたしはお産があって仙台にいて、空襲にも遭ったのよ。昭和二〇年の七月二二日に長男が生まれるんだけど、仙台空襲が七月一〇日でしょう。その日は大学病院に入院していて、「今晩あたり産まれるかな」なんて言ってるところに、警戒警報が出た。一度は解除になったんだけど、外を見たらもう真っ赤なの。でもあの日はまだそんなに暑くなかったんだね。だからわたし、綿入れの丹前ひっかぶって、病院の前に出来ていた防空壕に入ったの。そうすると、周りが燃えてるのね。その時が一番怖かったね。爆弾が落っこちてきたら、みんな蒸し焼きでしょう。それで、攻撃の合間を縫って逃げるんだけど、またダーッと来るとあちこち火の屏風が立って、焼夷弾がしゃわしゃわしゃわって音を立てているの。結局お寺まで辿り着いて、焼けていく仙台のまちを眺めているうちに、収まったんですけれど。

それから二二日になって、長男が生まれたの。その子がね、天ぷらを揚げる時のしゃわしゃわしゃわっていう音を聞くと、顔がもう真っ青になるのよ。お腹の中で聞いていた音が残ってしまったのね。

空襲の後も、グラマンていう戦闘機が低空で飛んできて、残ってるところを狙って機銃掃射するわけ。だから赤ん坊のためにお湯を沸かしたくても、煙も立てられないのね。空襲警報もしょっちゅう出るから、赤ん坊をお腹の前にくくりつけて防空壕に通ったの。ほんとにあんな状況で、よく育ってくれたなあって思うんだけど。

終戦はね、とにかくほっとしたっていう記憶です。正午に大事な放送があるからっていうのでラジオを聞いたけど、何を言っているのかよくわかんないのね。その夜、灯火管制の覆いを取って明かりを点けてもいいんだっていうので、やっと実感したの。戦争に負けて取り乱したりする人というのは、わたしの周りにはいなかった。だけどね、金沢にいた頃に同級生だった人は、ご主人とふたりで自殺をしたというのよ。

戦後はものもなかったし、本当に大変でした。主人は軍籍が長かったので、公職追放になって、ろくに職につけないの。だから、忙しくて手が回らないお医者さんのお手伝いに行ったりしながら、なんとか子どもたちを育てました。本当に必死でしたよ。戦後七年経って生まれた息子なんかは、「戦争の話を聞いてもおとぎ話を聞いてる感じ」なんて言うんですけどね。

本当にね、いろんな経験をした人生で。主人は九四で亡くなって、もう八年になります。でもね、いつもそばにいるような気がしているから、寂しいってことはないの。それに、主人はわたしが興味を持つような本をどっさり持っていたもんですから、ちょっとこんなの調べてみたいなと思うと、わりといいのが本箱にあるのね。『勝海舟全集』なんていうのもあって、目を通さなきゃって思うんだけど、まだまだ読みきれない。なんで主人はこれを手元に置いたのかなあ、なんて知りたいと思うの。

でもこうしてね、いろんなものを読んで、昔のことを考えたりする時間を授かってること自体を噛みしめなきゃって思うの。こころから打ち解けられる友人がいたことはとても幸せだったけれど、もうみんないないのね。

だけど、最近のニュースを見ていると、やっぱり人間は性懲りもなく戦争をしてしまうものなのかなって、ブルーになるの。ひ孫たちはものに恵まれた豊かな環境で育っているけど、正直それは長くは続かないんじゃないかなって考えたりする。わたしはもう歳を取ってしまったから、できることって少ないけれど。あなたたちには、できることがあるわ。若い人たちにはね、なんとか戦争をしない未来をつかんでほしい。

＊

二〇一一年に生まれて、一一歳になったのは二〇二二年です。いま、一一歳です。

学校は楽しいです。メリットもデメリットもなくて、めっちゃ楽しいわけでも全然楽しくないわけでもないし、ふつうなところがいいと思う。

コロナはもう終わってきたかな。三年生からずっとコロナ。最初はみんなすごく怖がってたけど、もうあんまり気にしてないです。罹った子もちゃんと元気になったから、大丈夫なんだってわかった。給食はいまも黙食ですけど、そんなに嫌っていう感じじゃない。ご飯は静かに食べたいから。

学校にいるときは、ほとんどマスクつけてます。だから初めてクラスが一緒になった子とかは、給食のときとかに、「あ、こんな顔だったんだ」って思う。

最初の頃かな。追いかけっこしてたときに、「タッチしちゃダメ」って言われたのはムカつきました。コロナじゃなくて、大人に対して。だってマスクもしてるし、それだけで感《う》染《つ》るわけないのに。だけど先生は、「上の人に言われてるから仕方ないんだ」って言ったりする。前は、「そういうものなのかなあ」って思ってたけど、先生も嘘をついてるときがあると思う。そんなこと言われてないのに、適当にごまかしてるときとか、あると思います。

わたしは遠距離通学してるので、お母さんに車で送り迎えしてもらってます。だから友だちの家に行ったり、うちに呼んだりすることってあんまりないです。でも、みんなもそんなに行き来はしてないかも。これはべつに、コロナとか関係なくて。オンラインゲームとかあるから、それぞれの家から繋いだりしてる。わたしは闘う系のゲームって好きじゃないから、参加しないけど。

家では漫画読んだりとか、インスタ見たりとか。YouTubeもアマプラもあるから見るものはたくさんある。あとは絵を描くのが好きで、色鉛筆とか色ペンで描いてます。わたしには夢があって、イラストレーターになれたらいいなって思う。でもそれでお金を稼ぎたいんじゃなくて、自分の好きな絵を描いてみんなに見てもらいたい。でも、友だちには見せてないです。まだお母さんくらいしか見てない。

うちは母子家庭なんです。それで、お母さんとはいつもセットっていうか、一緒にいる。

お母さんに対しては秘密ってなくて、なんでも話します。もしバレたらって思うと心配になるから。

お母さんの友だちとかと一緒に、外食に行くのが好きです。わたしには学校以外にも居場所があるので、それはいいことだと思う。大人が話しているのを聞いてると楽しいし、いろいろ考えたりする。

いま、一番怖いのは死ぬことです。家に強盗が入って来たり、登下校で襲われたり、自分と同じくらいの歳の子が殺されたってニュースを見るとすごく怖い。

ウクライナで戦争がはじまったっていうニュースを見たときは衝撃でした。戦争ってもうないものだと思ってたから。だけど、戦争をしたい人がいる限り、戦争は終わらないと思います。大人がみんなそう言ってる。だから、世界はよくならないと思います。

震災のことは学校でも習ったし、お母さんにも聞きました。あなたが生まれた年にこういうことがあったんだよーって。辛かったんだろうなって思うけど、積極的に知りたいとは思わないです。だって、すごく怖いから。

もう誰にも死んでほしくないなって思います。

——

二〇二一年夏から始めた「11歳だったわたしは」プロジェクトは、現時点で仙台市域に暮らす一一歳から九七歳までおよそ八〇名に、それぞれの「一一歳の記憶」を中心としたインタビューができている。出会う人ひとりひとりの語りの豊かさに驚きながら、すべての個人的な物語の中には、その時々の社会の様相が多分に織り込まれていることを感じていて、およそ九〇年間——戦前から敗戦、そして戦後の七七年間、日本の生活者たちが歩んできた道のりがつながってゆく。

あと数名で目標（二〇一一年生まれから各年生まれひとりずつにインタビューする）に届くのだけれど、予定よりも長期に及んでいる取材を通じて気づいたことがある。それは、ウクライナで戦争が始まってから、日本の人びとの語りが変化しているようだ、ということ。二〇二二年に入ってからお話を伺ったのが、八〇代、九〇代の戦争体験世代が中心であることも関係していると思うけれど、いま（二〇二三年春）わたしが感じていることを記録として記しておきたい。

まず、二〇二二年は目まぐるしかった。二〇二〇年初めから始まったコロナ禍は続いており、思うように集えない状況が長引いていて、対面コミュニケーションの機会、偶然を含む出会いや語らいの場は少ないままだった。前年までもとても困難な状況であったから、二〇二二年が特別であるという感覚は持ちにくかったけれど、語りを聞き、文字を起こしていくとその差は明白なように思えるので、ここで主な出来事をふりかえってみる。

二月二四日にロシア軍、ウクライナに侵攻。七月八日には安倍晋三元首相が銃殺される。以降、統一教会の問題が盛んに報道されるようになる。八月一七日、東京オリンピック・パラリンピック組織委員会の元理事が汚職容疑で逮捕。一〇月一〇日より、ウクライナ全土にミサイル攻撃が始まる。一一月二九日、社会学者の宮台真司氏がキャンパス内で襲撃される。北朝鮮からのミサイル発射の報道も相次いでおり、他国との軋轢を身近に感じさせられる機会も増えている。

権力者やインフルエンサーによる不正や汚職、カルトの問題、言論弾圧ともとれる襲撃事件。世界中からはひっきりなしに、異常気象のニュースが届く。明るい話題といえばスポーツ選手の活躍で、あとは不穏な空気を纏う出来事や悲劇ばかりじゃないか、という印象だ。とくにウクライナでの戦争のニュースは連日報道されており、凄惨な破壊の映像を見ることが日常になっていった。そして年末ごろには、とうとう実家のお茶の間でも、「もしかしたら戦争が起きるかもね」という言葉が出るようになった。具体的にどんな状況を指すのか明確ではないなりに、ごくふつうの家族がそんな会話をし始めていたりする。

悲しいことにいつの時代にも戦争は起き続けてきたけれど、一九八八年に東京で生まれたわたしは、一九四五年に第二次世界大戦が終わり、戦後復興もとっくに済んで経済成長を果たし、まちはきれいだし治安もいいし、ちょっと不景気だけど大丈夫でしょう、というような、わりとのんびりとした空気感のなかで育ってきた。だから、日本ではもう戦争は起きない、しないのだと信じ込んでいたけど、それも安直な考えだったのかも、と感じるようになった。圧倒的に理不尽な暴力が襲いかかってくることがあるのか。有事を想像するだけで恐ろしくなって、別のことへ思考を移したくなってしまう。

けれどいまだってニュースやSNSを見れば、ウクライナの〝ふつうの人びと〟が、戦火の中を逃げ惑っていたり、民主主義のために、祖国を守るために戦うのだ！　と語り合っていたりする。時が経つほど状況は複雑になり、日々、悲惨な出来事が積み重なってゆく。命が喪われていく。わたしはそんなシーンをいまのところ安全な場所でただ見続けている。そのことを、どう考えたらよいのだろう？

一方で、ロシア各地で街頭インタビューを続けているYouTubeチャンネルを見ると、まず国の発信を信じている人と信じていない人に分かれていて、そのなかでもさまざまな物言いで他人事のように戦争を語る人、押し黙ったまま立ち去る人、権力者への怒りをあらわにする人、〝誠実〟にあろうとする人……がいて、さらには召集令状が届いたという人が、おれの気持ちがわかるか？　と問いかけてくる。ロシアの〝ふつうの人びと〟も複雑に分断されていることは容易に想像できる。

距離としては遠く離れた戦争当事国の声を身近に聞いていると、わたしの祖父母を含む、戦争時代を生きた日本の人たちはいったいこの中の誰に近かったのだろう、などということも考えてしまう。他国で市民を撃った元兵士の手記を読んだこともあるし、軍国少年少女だった人たちの語りを聞いて書いたこともある。——焼夷弾は花火のようできれいだったの。だけどその下で何万もの人が焼かれて、まちが赤く燃えていたのよね。ウクライナのまちを襲う焼夷弾の映像を見るたびに、かつて空襲から逃げのびたおばあさんの言葉が思い出される。

ここは、かつて他国の領土に攻め入り、その後戦争に負けた国である。まったくいまさらだけれど、その国民が知っておくべきこと、考えるべきことの複雑さと膨大さを突きつけられたようでうろたえる。戦争は、平時には意識せずに済んでしまっていた自分の属性を強く意識させる。また、それぞれが信じている価値観や大事にしているもの同士を闘わせてしまう。社会がすみずみまでひりひりする。それによって人びとはさらに分断していく。そんなことを、体感的に理解しつつある。

だけどもし、東京が戦場になったら、わたしや家族、友人たちも地下鉄の駅に逃げ込むしかないのだろうな。住みやすい家も気に入っている通勤路もときどき行く銭湯もみんななくなって、二度と同じようなまちには戻らないのだろう。ご飯も満足に食べられず、電気も使えず仕事もできない。命の危険を感じて苛立ちながらも、自分たちで状況を変えることはもうむずかしくなっているのだろう……きっと、そうなる前にたくさんあがかなければいけない。それは理解しているつもりでいる。でも一方で、〝ふつうの人びと〟である自分たちもまた、弱い存在であることが身に沁みてくる。

遠い国の出来事に戸惑いつつ、とても純粋な悲しみが湧いてくる。同時に、自分が暮らす国の過去について学び、反省し、真摯に〝これから〟に向き合わなくてはならないことを自覚する。

わたしでさえこんなふうに考え込んでしまうのだから、過去に戦争を経験している人たちは、より具体的に過去の記憶を手繰り寄せて考えている。戦争経験者たちの語りは変わったと思う。空襲は怖かったよ、というような、どこか自然災害を語るのに似たような口調ではなくなった。戦争はもうやめてほしいと繰り返しながら、やっぱり弱い人たちがもっとも苦しめられるのよ、と訴える。権力者が力を持つと、もう市民は何も言えなくなるの。情報も統制されて、市民同士で監視し合う世の中になる。それが一番怖恐ろしい。

彼らはいままさに起きている戦争と見比べながら、自らの実体験をあらためて理解し、考え、伝えるべき何かを探し、言葉にしようとしているのだと感じる。

先日、あたらしい事務所（江東区内の団地の一角にある）の片付けをしていたら、見知らぬおばあさんがやってきて、夫が遺した資料を引き取ってほしいの、と声をかけられた。突然の申し出に驚きつつも、何もできないかもしれないけど読んでみたいですと伝えると、おばあさんの顔はパッと明るくなって、ああよかった、夫の供養になるわ！　と言い、じつはわたしも五月二五日の山の手空襲で家を焼かれたのよ……と話し始める。それからおばあさんは一気に〝その日〟の体験を語り、通学路のあちこちに作られていた防空壕について説明し、警報が鳴るたびに逃げ込むので学校どころではなかったの、と教えてくれる。――でもね、いまもあんなふうに戦争をやっているでしょう。あれから時間が経って、世の中がこんなに便利できれいになったのに、生きた心地もしない状況で暮らす人がいるなんて。わたし、信じられないし、すごく悔しいの。戦争なんてもうないと思っていたのに。

数年前に夫を看取り、いまはひとり暮らしだというそのおばあさんは、部屋でニュースを見てるといろいろ考えるけど、話す人がいないからつい、ごめんね、と言ってこちらを見つめる。おばあさんはいま九二歳で、一五歳で終戦を迎えたという。当時子どもといえる年齢だった彼女は、その人生のほとんどの時間を戦争の経験とその記憶とともに生きてきたのだろう。そして人生の終わりがすこしずつ近づきつつあるいま、それらに真っ向から向き合わざるを得なくなってしまった。――わたしは歳を取ってしまってもう何もできないけど、体験したことは語ろうと思うようになったの。

当時すでに物心がついていて戦争の記憶が色濃い人たちは、現在八〇代後半から九〇代が中心となっている。子どもだった彼女たちの世代もまた、戦争体験は大人が語るもの、あるいはより苦しい体験、特別な体験をした人たちが語るものと感じ、長い間語らずにきたのだろうか。そこへこんな状況が訪れて、いよいよ自分たちしかいないからといって語ろうとするけれど、すでに身近には聞き手がいなかったりする。彼女たちの語りは実体験だけではなく、多くの問いや迷いを含み込む。だからこそ、わたしたちにたくさんの示唆を与えてくれるのだと思う。それは、当時彼女たちが子どもというもっとも弱い立場にあり、戦争への主体的な参加度が低く、そのぶん出来事との距離が取れたために、戦争が終わってからこれまでの長い間、冷静に、しずかに、しかもその時間の大半をひとりぼっちで、考え続けることができたからではないか。

なんて貴重な語りなのだろう。ならばせめて聞かなくては。というか、緊急で聞き手を増やして、みんなでやらなくては。そんなふうに内心焦りながら相槌を打っていると、あなたたちのような若い人たちになんとかしてほしいわ、とまっすぐな目で言われてしまってギクリとし、ああどうしよう、と思う。

さて一方で、現在子どもである人たちも戦争を語っている。——もう戦争は起きないと思っていたのに起きたから衝撃です。でも、やりたい人がいる限り戦争は終わらない。

コロナ禍での学校生活、仲良しの友だち、流行りの漫画やゲーム、将来の夢……、たんたんとした語りの中に、突然戦争が現れる。世界はよくならないと思います、と語る彼女に、なぜそう思うの？　と尋ねてみる。だって、大人がそう言ってる、との答え。またギクリとする。わたしたちが身の不安に任せておしゃべりしていることが、彼女たちが未来に対して抱くイメージをとても重苦しいものにしている。これでいいとは思えない。けれど、ああ、どうしよう。

情けない告白にとどまってしまうけれど、最近のわたしは、人に話を聞くたびに、ああどうしよう、と思っている。そんな現状をここに記録する。

およそ一〇〇歳の年齢の幅がある人たちが同時代に生きていて、たがいに影響しあい、気遣いあいながら暮らしている。最大でだいたい九〇歳余りの年の差の人同士が語らうことができるとして、奇しくも最年長の世代と最年少の世代の語りが呼応し合うのを目の当たりにし、自分はその間に挟まれていることを自覚する。世界をよくする具体的な方策を持ち合わせていないのが悔しくもあるけれど、わたしはもっともっと話を聞きたい、聞かなくちゃと思っている。年長者にも、わたしと同じように間に挟まれている人たちにも、年少者にも。〝ふつうの人びと〟が寄り合うその語らいの場で、過去から応用できる何かが見つかるかもしれないし、ちいさなアイディアがうまれるかもしれない。そうでなくても、友人が増えるはず。そうすれば、日々が少し明るくなるはず。体験を語り継いでゆこうとするその根には、未来を変えたいという切実な願いが、確かにあるのだと実感している。

（二〇二三年五月）

声と歩く——あとがきにかえて

誰かに話が聞きたくなって、どこかへ出かける。聞かれるべきなのに、いまだ聞かれていない語りが世界中にある気がして、ひとつでもふたつでも聞かせてもらいたい、という気持ちがある。そして、もしも聞かせてもらえるならば、せめて受け取ったものを記録したい。じつは、記録をしようというアイディアは、旅する者を勇気付けてくれる。まだ明確な目的や答えを持ち合わせていない旅の始まりを後押ししてくれるし、受け取ったものを自分の内側で止めてしまうのではなく、きっと未来の誰かへ手渡せるはずだという安心感をくれる。ただ聞きたいというだけだと純粋すぎて、すこし危ういところがあるけれど、記録者として、語り手とほかの人びとの間に立ち、両者を繋いでいく役割を設定することで、旅する両足が地に着いてゆく感覚がある。もしわたしと似たように、誰かの話を聞きたいという人がいたら、まずは記録者になってみることをおすすめしたい。そうすれば、えいやっと出かけられるはず。

とはいえわたしの道中では、うつくしい風景をよく見て、聞かせてもらった語りをできる限り覚えておき、気づいたことをメモに残しておく……というくらいのことしかしていない。だけど、「記録に最も必要なことは、その場に居合わせること」だから。そう教えてくれたのは、陸前高田の写真館の店主だった。被災から間もない頃、突然引っ越してきたわたしにカメラマンという役割を与えて、とにかく現場にいれば大丈夫だから、と送り出されたのを覚えている。それから卒業アルバムの写真を撮りに、近隣の学校へ通うようになった。はじめのうちは、たんたんと営まれている彼らの日常に、異物として入り込むことが苦手だった。けれど次第に、彼らにとっては他愛もないやり取りの傍らにいて、それが大切だと感じること自体が役割なのだと気がついた。とても大切だから、残したいと思う。スタジオに戻って撮影した写真を見返すと、そのどれもが愛おしく、記録者であることの面白さを実感することができた。

わたしでいいのだろうかと逡巡するより前に、ここにはわたししかいないのだから、とにかくやってみるしかない。旅先で話を聞く時も、たいていそういう状況になる。いまこの人の話を聞いているのは他でもなくわたしだから、できる限りちゃんと聞きたいし、この時間をともに楽しみたいと願う。そうしているうちに、受け取った大切なものを誰かに手渡したくなっている。

まずは出かけて、語りの生まれる場に立ち会うこと。あとのことはわからないけれど、話はそれからだ。なんとも見切り発車だけれど、そうしてふらふら旅をしているうちに、数珠つなぎのように次の目的地が決まっていく。あの人に会ってみたら。あそこに行ってみたら。こんな話を聞いたことがあるよ。そんなふうに教えてもらって新たな土地を訪れると、かつて聞いた声と重なるような声にも出会えた。というよりも、かつてあの語りを聞いたからこそ、いま聞いている語りの細部が聞き取れるのかもしれない、と思える。それが、とてもうれしい。

　これまで語りを聞かせてくださったすべてのみなさんの声が、いつでも身体のなかで響いている。これからの旅路は、たくさんの声たちとともに歩いてゆけるのかもしれない。そう思うと、なんて心強いのだろう。行きたい場所、聞かなければならない声があちこちにある気がして、早く出かけたくなってしまう。

　そんなふうに落ち着かないわたしに、書くための場所を与えてくださった、生きのびるブックスの篠田里香さんに感謝しています。せっかく見聞きしたことを形にしておかなければ、未来に手渡すことができません。あやうく記録者失格になるところでした。

　そして、この本を読んでくださったみなさんに御礼申し上げます。みなさんの身体のなかにある声たちと、この本に収められた声たちがどんなふうに響き合ったのか、いつかお聞きできたらうれしいです。

　また何度でもお会いできますように。

江東区の団地の片隅にて　瀬尾夏美

瀬尾夏美（せお・なつみ）

1988 年、東京都生まれ。土地の人びとの言葉と風景の記録を考えながら、絵や文章をつくっている。2011年、東日本大震災のボランティア活動を契機に、映像作家の小森はるかとのユニットで制作を開始。2012 年から3 年間、岩手県陸前高田市で暮らしながら、対話の場づくりや作品制作を行なう。2015年、宮城県仙台市で、土地との協働を通した記録活動をするコレクティブ「NOOK」を立ち上げる。現在は、東京都江東区を拠点に、災禍の記録をリサーチし、それらを活用した表現を模索するプロジェクト「カロクリサイクル」を進めながら、“語れなさ”をテーマに旅をし、物語を書いている。著書に『あわいゆくころ――陸前高田、震災後を生きる』（晶文社）、『二重のまち／交代地のうた』（書肆侃侃房）、『10年目の手記――震災体験を書く、よむ、編みなおす』（共著、生きのびるブックス）、『New Habitations: from North to East 11 years after 3.11』（共著、YYY PRESS）がある。

IKINOBIRU
BOOKS

声《こえ》の地層《ちそう》——災禍《さいか》と痛《いた》みを語《かた》ること

2023年11月20日　初版第1刷発行

著者　瀬尾夏美《せおなつみ》

発行者　佐々木一成
発行所　生きのびるブックス株式会社
〒150-0021 東京都渋谷区恵比寿西1-33-15
EN代官山1001　モッシュブックス内
電話　03-5784-5791
FAX　03-5784-5793
https://www.ikinobirubooks.co.jp
ブックデザイン　成原亜美（成原デザイン事務所）
タイポグラフィ　もりみ
印刷・製本　モリモト印刷株式会社

ISBN978-4-910790-13-8　C0095

生きのびるブックスの本

人生相談を哲学する　森岡正博

哲学者が右往左往しつつ思索する前代未聞の人生相談。その場しのぎの〈処方箋〉から全力で遠ざかることで見えてきた真実とは。哲学カフェ、学校授業で取上げられた話題連載を書籍化。「『生きる意味とはなにか？』というもっとも深い哲学的問題に誘われる」(吉川浩満氏)　1,800円＋税

10年目の手記——震災体験を書く、よむ、編みなおす

瀬尾夏美／高森順子／佐藤李青／中村大地／13人の手記執筆者

東日本大震災から10年。言葉にしてこなかった「震災」のエピソードを教えてください——。そんな問いかけから本書は生まれた。暮らす土地も体験も様々な人々の手記と向き合い、語られなかった言葉を想像した日々の記録。他者の声に耳をすます実践がここにある。　1,900円＋税

無垢の歌——大江健三郎と子供たちの物語　野崎歓

大江健三郎の描く子供たちはなぜ、ひときわ鮮烈な印象を残すのか。〈無垢〉への比類なき想像力にせまる、まったく新しい大江論にして、最良の“入門書”。これから大江文学と出会う世代へ。読まず嫌いのまま大人になった人へ。大江文学の意外な面白さに触れる一冊。　2,000円＋税

LISTEN.　山口智子

俳優・山口智子のライフワークである、未来へ伝えたい「地球の音楽」を映像ライブラリーに収めるプロジェクト“LISTEN.”。10年にわたって26か国を巡り、250曲を越す曲を収録してきたその旅の記憶を綴る、音と世界を感じる一冊。オールカラー、図版多数。　4,000円＋税

植物考　藤原辰史

はたして人間は植物より高等なのか？　植物のふるまいに目をとめ、歴史、文学、哲学、芸術を横断しながら人間観を一新する思考の探検。今最も注目される歴史学者の新機軸。「哲学的な態度で植物をみなおす書物を書いてくれて、拍手喝采」(いとうせいこう氏)　2,000円＋税

死ぬまで生きる日記　土門蘭

「楽しい」や「嬉しい」、「おもしろい」といった感情はちゃんと味わえる。それなのに、「死にたい」と思うのはなぜだろう？　カウンセラーや周囲との対話を通して、ままならない自己を掘り進めた記録。生きづらさを抱えるすべての人に贈るエッセイ。　1,900円＋税

家族と厄災　信田さよ子

パンデミックは、見えなかった、見ないようにしていた家族の問題を明るみにした。家族で最も弱い立場に置かれた女性たちはどのように生きのびようとしたのか。ベテラン臨床心理士が、その手さぐりと再生の軌跡、危機の時代の家族の有り様を鮮烈に描写したエッセイ。　1,900円＋税